LORD RAY SHADE

영주 레이샤드

한승현 판타지 장편소설

FANTASY FRONTIER SPIRIT

영주 레이샤드 7

한승현 판타지 장편소설

초판 1쇄 찍은 날 § 2015년 12월 7일
초판 1쇄 펴낸 날 § 2015년 12월 14일

지은이 § 한승현
펴낸이 § 서경석

편집책임 § 김현미

펴낸곳 § 도서출판 청어람
등록번호 § 제387-1999-000006호
등록일자 § 1999. 5. 31
어람번호 § 제1-2306호

주소 § 경기도 부천시 원미구 부일로 483번길 40 서경B/D 3F (우) 14640
전화 § 032-656-4452 팩스 § 032-656-4453
http://www.chungeoram.com
E-mail § chungeorambook@daum.net

ISBN 979-11-04-90546-9 04810
ISBN 979-11-316-9036-9 (세트)

LORD

영주 레이샤드

엉지, 아베론

7 [완결]

한승현 판타지 장편소설

FANTASY FRONTIER SPIRIT

RAY SHADE

LORD RAYSHADE

영주 레이샤드

CONTENTS

제52장

라미레스 후작의 욕심 part 1

1

레이샤드 일행이 폭풍의 용병단과 함께 아베론 영지로
향할 무렵. 유르스는 라미레스 후작가에 와 있었다.

"어서 오게나."

라미레스 후작은 예전처럼 유르스를 살갑게 맞았다. 마
치 아직도 유르스가 자신의 기사라고 착각이라도 하는 것
같았다.

만일 유르스가 레이샤드의 진면목을 보지 못했다면 아마
그 환대에 마음이 흔들렸을 것이다. 그러나 유르스는 이미

마음의 정리를 끝낸 상태였다. 애석하게도 그의 마음속에 라미레스 후작의 자리는 완전히 사라진 지 오래였다.

"레이샤드 황자님의 서신을 가지고 왔습니다."

유르스가 사무적인 목소리로 말했다. 그러자 라미레스 후작이 서운하다며 얼굴을 찌푸렸다.

"유르스, 이러지 말게나. 자네가 떠나고 내가 얼마나 안타까워했는지 안다면 내게 이럴 수는 없다네."

라미레스 후작의 말은 거짓이 아니었다. 유르스를 고작 자존심 싸움에 빼앗긴 이후로 라미레스 후작은 식사는 물론이고 잠도 제대로 자지 못했다.

유르스는 라미레스 후작이 모든 것을 바쳐 만든 보물이나 마찬가지였다.

유르스가 마스터의 경지에 들어섰다는 소식이 전해졌을 때 라미레스 후작은 황도(제국의 수도)로 향하던 걸음도 되돌리고 영지로 돌아왔다. 장차 라미레스 후작가와 자신을 빛내 줄 유르스를 직접 축하해 주기 위해서였다.

그렇게 잘 지내던 시절이 엊그제 같은데 지금은 완전히 남처럼 구는 유르스가 라미레스 후작은 서운하기만 했다. 그러나 유르스도 어쩔 수 없었다. 기사가 되어 한 마음에 두 명의 주군을 품을 수는 없기 때문이었다.

"무례를 용서하십시오."

유르스가 냉정하게 허리를 굽혔다. 그 모습을 씁쓸하게 내려다보던 라미레스 후작이 이내 레이샤드의 서신을 받아 들었다.

유르스를 통해 약속한 이들을 보내주세요.

레이샤드의 전언은 간단했다. 황자 암살 미수 사건으로 인한 보상으로 약속했던 영지민들을 보내 달라는 것이다.

그것이라면 굳이 유르스를 보내지 않더라도 얼마든지 들어줄 수 있는 일이었다.

현재 라미레스 후작가는 인구가 지나치게 많아 걱정인 상황이었다. 인구의 증가만 놓고 보자면 당장 공작령으로 승작을 해도 부족하지 않을 정도였다.

하지만 이번 전쟁이 수포로 돌아가면서 라미레스 후작은 당분간 아르만 공작가를 넘보지 못하게 됐다. 최악의 경우 자신이 죽을 때까지 라미레스 가문은 후작 가문으로 남게 될 수도 있었다. 지금은 그저 죽기 전에 세상이 한바탕 요동쳐 주길 바라는 수밖에 없었다.

그렇다 보니 라미레스 후작은 유르스가 더욱 아깝기만 했다. 만약 그때로 다시 돌아갈 수만 있다면. 유르스를 걸고 도박 따위는 하지 않을 터였다.

그러나 이제 와 후회한들 달라지는 건 아무것도 없었다.

"황자님께서 영주민을 내어달라고 하시는 군."

라미레스 후작이 서신의 내용을 유르스에게 일렀다. 그러자 어느 정도 짐작했다는 듯 유르스가 고개를 끄덕거렸다.

"일단 각 성에 공문을 붙일 터이니 며칠 기다려 주시게."

라미레스 후작이 쓸쓸한 목소리로 말했다.

본래라면 관리들을 동원해 5천 명의 이주민을 가려내야 했지만 그랬다간 유르스가 금방 자신의 곁을 떠나 버릴 것 같았다.

어차피 레이샤드는 영지민을 언제까지 보내라는 말이 없었다. 그렇다는 건 준비가 되는 대로 약속을 지켜도 무방하다는 뜻이었다.

라미레스 후작은 그 기간 동안 어떻게든 유르스의 마음을 돌려놓고 싶었다. 그렇게만 된다면 레이샤드에게 더 많은 대가를 지불하고서라도 유르스를 되찾아 올 생각이었다.

하지만 유르스는 다시 라미레스 후작에게 되돌아 갈 생각이 전혀 없었다. 그보다는 아스타로트에게 받은 밀명을 지키기 위해 바삐 움직여야만 했다.

2

"이곳은 여전하군."

유르스가 가장 먼저 찾은 건 라미레스 후작가의 기사들이 모여 있는 훈련장이었다.

라미레스 후작가는 제국의 법에 따라 공식적으로 800명의 정규 기사를 둘 수 있었다.

하지만 라미레스 후작처럼 야욕이 있는 귀족들은 대부분 그 이상의 기사들을 보유하려 했다. 그래서 가능성 있는 기사들을 비밀 기사 훈련장을 통해 비밀리에 훈련시켰다.

라미레스 후작가에 존재하는 검술 훈련장은 총 10개였다.

그중 4번 훈련장부터 10번 훈련장까지는 라미레스 후작가의 주요 가신들밖에 모르는 비밀 훈련장이었다. 그중에서 마스터 유르스를 배출해 낸 곳이 바로 제7기사 훈련장이었다.

얼마 전까지 전쟁을 준비해 왔기 때문에 제7기사 훈련장은 수많은 기사가 모여 훈련을 하고 있었다. 그리고 그 사실을 숨기기 위해 경계가 삼엄했다. 라미레스 후작의 허락을 받지 않은 이들은 먼발치에서 구경조차 할 수 없었다.

"가볼까."

잠시 호흡을 고른 뒤 유르스는 제7기사 훈련장의 입구로 다가갔다.

"……!"

경계를 서던 기사들은 유르스를 발견하고 순간 몸을 움찔거렸다.

오랜만이기는 했지만 자신들을 가르쳐 온 유르스의 모습을 단번에 기억한 것이다.

'저들이 과연 어떻게 나올까?'

유르스는 내심 기사들의 반응이 궁금해졌다.

한때는 라미레스 후작가를 대표하는 기사였지만 지금은 아니었다. 라미레스 후작에게서 버려져 바람 부족에 머무르게 된 이후로 그는 더 이상 훈련소에 들어갈 자격이 없었다.

만일 기사들이 그 사실을 알고 있다면 검을 들어 유르스를 막아설 것이다. 그렇다면 유르스도 별다른 소란을 일으키지 않고 군말 없이 되돌아설 생각이었다.

하지만 기사들은 언제나처럼 검을 가슴에 세우고는 유르스를 반겼다. 마치 전쟁을 치르고 돌아온 라미레스의 검(라미레스 후작가를 대표하는 검. 보통 가문 최고의 기사에게 붙는 명예로운 존칭)을 맞이하기라도 하는 것처럼 말이다.

"들어가도 되는 건가?"

유르스가 입구 앞에 서서 물었다. 그러자 기사 하나가 당연하다며 고개를 숙였다.

"어서 들어가십시오."

그 모습이 마치 억지로 유르스를 제7기사 훈련장 안으로 집어넣으려는 것처럼 보였다.

'필시 라미레스 후작의 지시가 있었겠지.'

유르스는 피식 웃음이 났다. 만약 아스타로트의 명을 전한 아르메스를 만나지 않았다면 아마 기사들의 반응에 감동을 금치 못했을 것이다.

비록 라미레스 후작가는 떠났지만 기사들은 자신을 끝까지 라미레스 후작가의 기사로 인정해 주었다며 말이다.

그러나 아르메스는 라미레스 후작가에 가서 주의해야 할 점을 말하며 쓸데없는 감정을 갖지 말라고 조언했다.

"아마 라미레스 후작은 유르스 님의 마음을 되돌리기 위해 최선을 다할 겁니다. 어쩌면 기사들을 시켜 유르스 님을 설득하려 들지도 모르고요. 그러니 쉽사리 감정에 동요하지 마십시오. 그리고 명심하십시오. 레이샤드 님께서 맡기신 이 임무는 유르스 님의 진심을 확인할 수 있는 처음이자 마지막 기회라는 사실을요."

아르메스의 조언처럼 유르스는 이번 기회를 통해 레이샤드에게 진심을 보일 생각이었다. 비록 처음에는 마지못해 따르긴 했지만 지금은 정말로 레이샤드를 주인으로 섬길 마음이 있다는 것을 말이다.

그러기 위해서라도 유르스는 라미레스 후작이 파놓은 함정에 걸려들어서는 안 됐다. 게다가 긴장한 기사들의 얼굴에서는 자신을 만난 반가움보다 라미레스 후작의 지시로 인한 불안함이 더 크게 엿보이고 있었다.

라미레스 후작은 군략보다는 심계에 강한 자였다. 그래서 라미레스 후작 주변의 가신들은 라미레스 후작의 말 한마디를 허투루 듣지 않았다. 괜히 쓸데없는 대답을 했다가 라미레스 후작에게 충성심을 오해받기라도 한다면 언제든 목이 달아날 수 있기 때문이었다.

이번 전쟁 준비에서도 라미레스 후작은 자신의 장점을 십분 활용했다. 아르만 공작이 아르만 공작가의 힘을 너무 맹신하고 있다는 걸 파악하고 그 빈틈을 파고들기 위해 아단 산맥의 몬스터들을 조종해 왔다. 그러나 아르만 공작은 그 사실을 레이샤드를 통해 최근에야 알 수 있었다.

만약 레이샤드가 제때 나타나지 않았다면 아마 지금쯤 제국 북동부는 전쟁의 피바람에 휘말렸을 것이다. 그리고 유르스는 라미레스 후작가의 검이 되어 공작가의 기사들을 가차 없이 베어 넘겼을 것이다.

비록 수포로 돌아가긴 했지만 라미레스 후작은 그만큼 타인의 약점을 파고드는 데 아주 능수능란했다. 그래서 유르스는 필시 라미레스 후작이 자신의 약점을 파고들 것이라 확신했다.

마스터의 경지에 이르렀지만 고아인 탓에 유르스는 늘 정에 약했다. 마스터에 올라선 다음에도 제7기사 훈련소를 매일같이 찾아 왔다. 그리고 자신과 함께 수련해 온 기사들과 밤이 늦도록 대련을 해주었다. 혼자만 마스터의 경지에 오른 게 미안했기 때문이다.

그런 유르스를 수많은 동료 기사가 붙잡는다면 유르스의 마음도 무거워질 수밖에 없었다.

하지만 그런 라미레스 후작의 속내가 너무도 빤히 보여서일까.

유르스는 오히려 마음을 독하게 먹었다.

라미레스 후작에게 미안한 이야기지만 유르스는 자신을 따르는 기사들과 함께 아베론 영지로 갈 생각이었다.

미래가 없고 자신의 영욕을 위해 기사들을 헌신짝처럼 내던지는 라미레스 후작가가 아니라 섬길 만한 가치가 있는 레이샤드의 밑에서 동료 기사들과 다시 함께 하고 싶었다.

그러기 위해서는 라미레스 후작가에 머무는 동안 한 명의 기사라도 더 설득할 필요가 있었다.

"누구라도 좋으니 날 좀 도와주십시오."

잠시 하늘을 올려다보며 유르스가 기도하듯 중얼거렸다. 그런 유르스의 바람이 전해진 것일까.

번쩍.

푸르른 하늘 너머로 새파란 별 하나가 반짝 빛을 뿜어댔다.

3

"유, 유르스 님!"

"돌아오신 겁니까?"

유르스가 왔다는 소식에 훈련 중이던 기사들이 호들갑스럽게 달려왔다.

"어디 다친 곳은 없으십니까?"

"대체 어딜 갔다 이제 오신 겁니까."

기사들은 너 나 할 것 없이 유르스의 귀환을 반겼다. 그러면서 다시는 라미레스 후작가를 떠나지 말라고 유르스를 설득했다.

유르스는 그런 동료 기사들이 고맙고 또 미안했다. 잠깐이지만 마음이 흔들릴 정도였다.

그러나 유르스는 이내 마음을 다잡았다.

자신이 마음을 돌려 라미레스 후작가에 머문다 한들 동료 기사들에게 좋을 건 아무것도 없었다. 그보다는 자신과 함께 검을 휘둘러 온 동료 기사들에게 제대로 된 주인을 섬길 기회를 만들어주고 싶었다.

"다들 내 이야기를 좀 들어줬으면 좋겠어."

유르스는 회의장으로 동료 기사들을 불러 모았다. 그리고 그들에게 바람 부족에서 있었던 이야기를 들려주었다.

유르스는 본래 이야기를 재미있게 하는 편이 아니었다. 오히려 재미있는 이야기도 재미없게 전한다며 동료 기사들 사이에서 말재주가 없는 기사로 통했다.

그래서 유르스는 자신이 동료 기사들을 제대로 설득할 수 있을지 걱정이 되었다. 하지만 그 걱정은 이내 기우로 변했다. 유르스가 입을 연 그 순간.

파아앗!

간계와 지혜의 신 모비치의 권능이 유르스의 목에 걸린 목걸이를 통해 터져 나온 것이다.

바람 부족을 떠나기 전 아르메스는 유르스에게 절대 분실하지 말라며 잘린 혓바닥이 새겨진 흉측한 목걸이를 주었다.

유르스는 처음에는 싫다고 거절했다.

생긴 것도 마음에 들지 않았지만 검을 휘두르는 기사가 거추장스럽게 목걸이를 걸고 다닐 수는 없는 일이었다.

그러나 이 목걸이가 하고자 하는 일을 도울 것이라는 아르메스의 말에 유르스는 마지못해 목걸이를 받아 들었다. 그리고 출발하기 전 속옷 안쪽에 숨겨 걸었다. 다른 이들의 눈에 띄지 않도록 말이다.

하지만 그 목걸이는 단순히 흉측한 장식품이 아니었다. 잘린 헛바닥은 간계와 지혜의 신 모비치의 상징. 그걸 목에 걸고 있다는 건 모비치를 섬긴다는 것과 별반 다르지 않았다.

"기사 놈들이야 적당히 야망을 집어넣어 주면 다들 넘어올 수밖에 없지."

중간계를 내려다보던 모비치가 낄낄 웃어댔다. 그러더니 자신의 마력을 끌어 올려 유르스의 세 치 헛바닥을 조종하기 시작했다.

"다들 라미레스 후작에게 무슨 이야기를 어떻게 들었는지 모르겠지만 그건 전부 잊어버려. 그리고 내 이야기를 잘 들어. 그래야 너희도 살 수 있어."

유르스는 모비치의 의지에 따라 바람 부족에서 있었던 일들을 과장하고 각색해 털어 놓았다.

그 이야기가 어쩌나 가슴에 와 닿던지 라미레스 후작이 유르스를 버린 대목에서는 대부분의 기사가 분노를 참지 못할 정도였다.

"죄송합니다, 유르스 님. 그런 줄도 모르고 유르스 님을 오해했습니다."

기사 중 하나가 유르스 앞에 무릎을 꿇었다. 그러자 그 옆에 있던 기사도 함께 무릎을 꿇고 용서를 빌었다.

"저 역시 마찬가지입니다. 제가 어리석었습니다. 라미레스 후작이 그런 사람인 줄 알았다면 지금까지 이곳에 남아 있지도 않았을 겁니다."

제7기사 훈련소는 라미레스 후작이 별도로 운영 중인 기사 양성소 중 하나였다. 하지만 그렇다고 해서 훈련 중인 모든 기사가 라미레스 후작가의 기사는 아니었다.

제7기사 훈련소에서 훈련하는 기사들은 하나같이 견습 기사도 아닌 수런 기사였다. 하지만 견습 기사부터 라미레스 후작가의 기사 명단에 이름을 올려야 하기 때문에 실력을 감추고 수런 기사로 지내온 것이다.

일반적으로 가문의 기사로 인정받는 정규 기사와 견습 기사와는 달리 제7기사 훈련소에서 훈련 중인 수런 기사들의 처지는 자유 기사나 마찬가지였다.

대륙을 떠다니는 자유 기사들과 그 의미는 달랐지만 어

쨌든 공식적으로는 라미레스 후작가에 속하지 않은 이들이었다.

이렇게 수련 기사 같지 않은 수련 기사들이 비정상적으로 증가한 건 모두 아르만 공작가와 전쟁을 벌이기 위한 라미레스 후작가의 술수에서부터 시작되었다.

라미레스 후작이 아르만 공작가와의 전쟁을 계획했을 때 가장 처음 신경 쓰였던 건 다름 아닌 기사 전력의 차이였다.

전쟁에 있어서 가장 중요한 건 기사 전력이었다. 특히나 자국 내 영지전의 경우 마법사의 참여를 철저히 제한하는 제국법상 기사 전력의 우열에 따라 전쟁의 승패가 갈린다고 해도 과언이 아니었다.

라미레스 후작은 어떻게든 아르만 공작을 꺾고 공작이 되고 싶었다. 그러기 위해서는 전쟁에서 기필코 승리를 해야만 했다.

아르만 공작과의 전쟁에서 이기기 위해서는 기사 전력의 우위에 서야만 했다. 하지만 공식적인 기사 전력은 아르만 공작가가 절대 우위에 있었다.

제국법상 공작과 후작은 보유할 수 있는 기사의 수가 다르기 때문이었다.

제국법이 허락한 공작가의 기사 보유 한계는 1,200명이었다. 반면 후작가는 800명 이상의 기사를 보유할 수 없었다.

단순히 산술적인 차이만 놓고 보면 400명이었다. 그리고 그 400명은 전쟁의 승패를 단기간에 결정지을 만큼 어마어마한 차이였다.

게다가 제국법이 정한 건 단순히 정규 기사만의 수가 아니었다. 정규 기사를 대체할 수 있는 견습 기사의 수도 어느 정도 제한을 가했다.

반역의 마음을 먹은 고위 귀족이 정규 기사의 수를 묶어 두고 견습 기사를 무한대로 양성해 황실에 반기를 들지도 모르기 때문이었다.

견습 기사의 보유 제한에 대해 제국법에 딱히 명시가 된 것은 없었다. 대신 제국의 황제는 언제든 귀족들의 기사 보유 현황을 파악할 수 있다는 조항을 내걸었다.

재임한 황제마다 생각이 달랐지만 현 칼슈타트 황제는 귀족들이 정규 기사의 2배까지 견습 기사를 보유하는 걸 눈감아줬다.

칼슈타트 대공 시절 직접 기사들을 양성해 온 탓에 정규 기사의 수를 유지하기 위해서는 견습 기사가 그 두 배 정도는 되어야 한다는 사실을 경험으로 체득했기 때문이었다.

하지만 그런 칼슈타트 황제의 생각은 라미레스 후작에게

더 큰 부담만 될 뿐이었다.

전쟁에 실질적으로 도움이 되는 견습 기사까지 더하면 아르만 공작가의 기사 전력은 최대 3,600명을 헤아리게 된다. 반면 라미레스 후작은 2,400명 이상의 기사를 보유하기 어려워진다.

400명으로도 충분히 벅찼던 기사 전력의 차이는 1,200명까지 벌어졌다.

이 차이를 줄이기 위해 라미레스 후작이 아단 산맥의 몬스터를 동원하긴 했지만 그것만으로 승리를 자신하기란 어려웠다.

그렇게 또 다른 묘책을 찾던 라미레스 후작이 생각해 낸 것이 견습 기사 급 실력을 갖춘 기사들을 일부러 수련 기사에 묶어두는 것이었다.

일반적으로 기사는 입문 기사의 시기를 거친 뒤 수련 기사를 지나 견습 기사의 반열에 들어선다.

하지만 자연스럽게 거치는 입문 기사―수련 기사의 과정과는 달리 견습 기사는 오직 실력으로만 통과할 수 있었다. 그만큼 수련 기사와 견습 기사의 사이에는 명확한 실력의 차이가 있었다.

그것은 바로 오러.

마나를 체내에 축적해 검을 통해 형상화시킬 수 있느냐

없느냐에 따라 수련 기사로 머무를지 견습 기사로 나아갈지가 결정되는 것이다.

오러를 다루지 못하는 기사들은 전쟁에 별반 도움이 되지 않았다.

평범한 병사들은 압도할 수 있겠지만 노련한 상급 병사 둘이 덤벼들면 목숨을 부지하기 어려웠다.

하지만 오러를 다루는 기사들은 달랐다. 오러를 사용해 상대의 갑옷과 무기를 깨뜨릴 수 있으니 그 자체만으로도 충분한 무기가 되었다.

라미레스 후작은 견습 기사 자격이 충분한 기사들 천여 명을 수련 기사로 둔갑시키기로 마음먹었다. 그리고 고민에 고민을 거듭한 끝에 제7기사 훈련소를 포함한 4곳의 기사들을 일시적인 수련 기사로 강등시켰다.

"내가 수련 기사라니!"

"이게 말이나 되는 소리야?"

다른 기사 훈련소의 기사들은 라미레스 후작의 결정에 강하게 반발했다.

그 과정에서 일부가 기사 훈련소를 떠나는 일도 벌어졌다.

하지만 유르스가 직접 챙기는 제7기사 훈련소의 기사 300명은 군말 없이 라미레스 후작의 결정을 따랐다.

마스터인 유르스를 믿는 만큼 전쟁에서 승리할 경우 그 배로 보답하겠다는 라미레스 후작의 약속을 믿은 것이다.

그러나 정작 라미레스 후작은 쓸데없는 자존심을 챙기기 위해 유르스를 버리고 말았다. 그 사실을 알게 된 기사들에게 라미레스 후작에 대한 신뢰가 남아 있을 리 없었다.

유르스는, 아니, 유르스를 조종하는 모비치는 그런 기사들의 빈틈을 놓치지 않았다.

"다들 화가 나고 억울하겠지? 그 마음 충분히 이해해. 나 역시 그랬으니까. 나를 얼굴 한 번 본 적 없는 어린 영주에게 내버렸을 때는 솔직히 죽고 싶은 마음뿐이었어. 하지만 지금은 괜찮아. 오히려 라미레스 후작이 고마울 지경이야. 왜냐고? 그것까진 말해줄 수가 없어. 다만 너희들 중 누구라도 나를 믿는다면! 내 결정을 신뢰한다면! 다시 나와 함께하고 싶다면! 나와 함께 아베론 영지로 가자. 어때?"

유르스가 기사들의 마음을 강하게 흔들었다. 라미레스 후작의 밑에서는 더 이상 기사 노릇을 할 수 없는 이들에게 새로운 행선지를 일러주었다.

그리고 그 효과는 대단했다.

"가겠습니다!"

"저도 가겠습니다!"

"유르스 님! 설마 저를 빼놓고 가시려는 건 아니시죠?"

"저는 유르스 님이 오셨을 때부터 유르스 님과 함께하기로 마음을 먹고 있었습니다!"

제7기사 훈련소의 모든 기사들이 유르스를 따르겠다고 다짐했다.

라미레스 후작이 은밀히 사람을 보내 유르스의 마음을 돌려놓으라고 지시를 내렸지만 그 말을 기억하는 이는 아무도 없었다.

제53장

라미레스 후작의 욕심 part 2

1

제7기사 훈련소의 기사들은 자신들의 뜻을 훈련소 기사단장에게 전했다. 그리고 바로 다음 날부터 훈련소에 나타나지 않았다.

"기사들이 영지를 떠나겠다고 하다니! 대체 그게 무슨 소리야!"

훈련소 기사단장에게서 보고를 받은 라미레스 후작은 길길이 날뛰었다.

유르스를 설득시키라는 명령을 받은 기사들이 도리어 라

미레스 후작가를 버리겠다니. 어떻게 이런 일이 벌어졌는지 도저히 이해가 가지 않았다.

하지만 그보다 더 큰 문제는 영지를 떠나겠다는 기사들을 붙잡을 방법이 없다는 점이다.

"일단은 기사들의 마음을 돌리는 게 먼저입니다. 기사들이 이대로 후작령을 떠나 버리면 그들을 다시 데려올 방법이 없습니다."

듀크 후작이 불안한 얼굴로 말했다.

만약 라미레스 후작이 제7기사 훈련장의 기사들을 견습 기사로 인정했다면 감히 그들도 라미레스 후작에게 등을 돌릴 생각을 하지 못했을 것이다. 한 번 주인을 정한 기사는 그 주인이 죽거나 주인으로부터 버림받기 전까지는 새 주인을 섬길 수가 없었다. 그렇지 않고 제멋대로 주인을 바꾸려 든다면 기사도(기사들이 지켜야 하는 도리)와 기사 계약에 의해 언제든지 처벌을 내릴 수 있었다.

하지만 애석하게도 제7기사 훈련장의 기사들은 견습 기사가 아닌 수습 기사였다. 물론 그 당시에는 피치 못한 결정이었다.

아르만 공작가에서 주기적으로 라미레스 후작가의 기사 전력을 감시하는데 법을 어기면서까지 모든 기사를 전부 드러낼 수는 없는 노릇이었다.

그래서 라미레스 후작은 듀크 남작과 상의한 끝에 제7기사 훈련장의 기사들을 수련 기사로 강등시켰다. 그 이면에는 같은 훈련장 출신인 유르스가 기사들을 잘 다독여 줄 것이라는 기대가 숨어 있었다.

그런데 그 유르스가 라미레스 후작가를 떠나더니 이제는 제7기사 훈련장의 기사들까지 충동질하고 나섰다.

그 결과 제7기사 훈련장 소속 기사 300명 전원이 라미레스 후작가를 떠나겠다는 선전포고를 해버렸다.

이 상황을 수습할 수 있는 방법은 단 한 가지 밖에 없었다. 라미레스 후작이 그들 전원을 견습 기사, 혹은 정규 기사로 받아들여 끌어안는 것뿐이었다.

라미레스 후작이 그동안의 희생에 대한 보상으로 그들을 라미레스 후작가의 기사로 인정해 준다면 제7기사 훈련장 기사들의 마음을 어느 정도 되돌릴 수 있을 것 같았다.

그러나 정작 듀크 남작의 생각도 현실적으로 어렵기는 마찬가지였다.

라미레스 후작이 제7기사 훈련장의 기사들을 가문의 기사로 받아들인다면 그들과 같은 처지에 있었던 다른 기사들이 반발하고 나설 것이다.

다른 훈련장의 기사들 중에도 견습 기사 이상의 실력을 가졌지만 라미레스 후작가의 사정 때문에 수련 기사에 머물러 있는 자들이 상당했다.

하지만 라미레스 후작가는 그들 모두를 가문의 기사로 받아들일 여력이 없었다. 이미 정규 기사 800명과 견습 기사 1,600명의 이름이 라미레스 후작가 기사 명단에 올라간 상태였다.

"그들에게 당장 견습 기사 자리를 내어줄 수는 없어. 그러니까 다른 방법을 생각해 봐."

라미레스 후작이 듀크 남작을 닦달했다. 듀크 남작이라면 또 다른 괜찮은 수를 생각해 낼 것이라고 여겼다.

그러나 제아무리 듀크 남작이라 하더라도 이 상황에서 다른 방법을 생각해 내기란 어려웠다.

"죄송합니다, 후작님. 제게도 뾰족한 수가 없습니다."

한참 동안 궁리를 하던 듀크 남작이 이내 고개를 흔들어 댔다.

라미레스 후작이 파격적인 결단을 내린다면 모르겠지만 지금으로서는 이 문제를 수습할 다른 방도가 없었다.

현재 제7기사 훈련소의 기사 300명은 수습 기사인 상태였다.

그것도 라미레스 후작가에서 검을 배운 기사들이 아니었다. 대부분 주변 영지에서 검술에 재능을 보인 이들을 라미레스 후작가에서 양성한 것이었다.

그 과정에서 라미레스 후작은 별다른 기사 계약을 하지 않았다. 아르만 공작가와 전쟁에서 승리하기 위해서는 기사들의 수도 중요하지만 그 질도 무시할 수 없는 노릇.

그래서 표면적으로는 실력을 키워 라미레스 후작가에 충성하라고 말을 해놓고 실제로는 그들 중 쓸 만한 이들만을 추려 가문의 기사로 삼았다.

그렇게 봤을 때 제7기사 훈련소의 기사들은 라미레스 후작가의 주력 기사도, 또 미래를 책임질 기사도 아니었다.

계획대로 전쟁이 벌어졌다면 전쟁의 선두에 서서 싸우며 라미레스 후작가의 정예 병력의 손실을 최소로 줄이는 역할을 해줄 기사들에 불과했다.

제7기사 훈련소의 기사들이 라미레스 후작 가문을 떠나겠다는 것도 특별히 놀랄 만한 일은 아니었다.

실력은 견습 기사가 되기에 충분했음에도 라미레스 후작가는 가문의 기사로 받아들이는 것을 유예했다. 대신 조건을 붙였다. 전쟁에서 큰 공을 세우면 다른 견습 기사나 정규 기사들보다 더 많은 보상을 해주겠다며 그들을 회유했다.

제7기사 훈련소의 기사들도 자신들과 함께 검을 휘둘러 온 유르스를 믿었다.

마스터의 경지에 오른 유르스가 이번 전쟁에서 자신들과

함께 큰 공을 세워 줄 것이라고 생각했다. 그래서 라미레스 후작의 조건을 군말 없이 받아들인 것이다.

하지만 믿었던 유르스는 라미레스 후작가를 떠났고 전쟁의 기운은 사라졌다. 이제 지나치게 비대해진 기사 전력을 순차적으로 정리해야 하는 시기가 찾아오고 있었다.

라미레스 후작은 어떻게든 이 전력을 유지한 채로 또 다른 기회를 엿보고 싶어 했다. 하지만 듀크 남작의 생각은 달랐다.

이들을 붙잡을 자신이 없다면 차라리 그들을 이대로 내보내는 게 그나마 다른 기사들의 마음을 달랠 수 있는 최선처럼 느껴졌다.

"그럴 게 아니라 그들을 편히 내보내시는 게 어떻겠습니까?"

듀크 남작이 조심스럽게 입을 열었다. 그러자 라미레스 후작의 표정이 일그러졌다.

대책을 마련하라고 했는데 고작 하는 말이 내버려 두자니. 이건 자신을 놀리는 꼴밖에 되지 않았다.

그러나 듀크 남작도 아무 생각 없이 그런 이야기를 하는 것은 아니었다.

"일단 진정하시고 제 이야기를 들어주십시오."

듀크 남작이 폭발 일보 직전인 라미레스 후작을 달랬다.

라미레스 후작은 상당히 이성적인 사람이었지만 한 번 흥분해 버리면 다른 이의 말은 귀담아듣지 않는 성격이었다.

다행히도 라미레스 후작은 입술을 질근 깨물었다.

오랫동안 함께 해온 듀크 남작에 대한 신뢰가 치미는 분노를 힘겹게 억누른 것이다.

"후작님께서는 지금 예비 기사들을 앞으로도 유지하고 싶어 하십니다. 그러나 그들도 자존심이 있기 때문에 전쟁이 일어나지 않는다면 제7기사 훈련소의 기사들처럼 라미레스 후작가를 떠나거나 후작님께 약속을 지키라고 요구할 것입니다. 하지만 지금 후작님께서 그들에게 해줄 수 있는 건 많지 않습니다. 그들을 견습 기사로 높이면 곧바로 제국법에 걸립니다. 그걸 아르만 공작가가 두고 볼 리가 없겠지요. 그렇다고 비밀리에 승격시킨다 하더라도 문제입니다. 그들에 대한 막대한 재정 지출은 둘째 치고라도 기존의 기사들과의 갈등이 생길 겁니다. 그리고 그 사실을 언제고 아르만 공작가에서 눈치채게 될 겁니다."

듀크 후작은 일단 문제점부터 늘어놓았다.

정확하게 말하면 라미레스 후작이 과욕을 부릴 경우 일어나게 될 일들을 차분히 설명했다.

"크으윽."

라미레스 후작이 질근 입술을 깨물었다.

듀크 남작의 이야기는 그 역시 어느 정도는 예상하고 있었던 것이다.

하지만 다른 사람도 아닌 듀크 남작을 통해 그 이야기를 들으니 마치 자신의 판단이 애초부터 틀렸다고 지적받는 것 같은 불쾌함마저 들었다.

하지만 듀크 남작은 누군가의 잘잘못을 따지려는 게 아니었다. 최악의 상황이 오기 전에 최선의 상황을 만들고 싶은 것뿐이었다.

"여차하면 후작님께서 징계를 각오하고 그들 전부를 끌어안으실 수도 있습니다. 그렇게 되면 아르만 공작가가 길길이 날뛰겠지만 칼슈타트 황제께 잘 말씀드려 초과된 기사 전력에 대한 세금을 부담하겠다고 한다면 일이 마무리될 수도 있습니다."

듀크 남작이 라미레스 후작의 욕심대로 일 처리를 하게 될 경우의 결과도 언급했다.

만약 라미레스 후작이 비밀리에 양성한 다른 기사들까지 전부 견습 기사로 인정해 버리면 제국법을 위반할 수밖에 없었다.

본래 제국법을 위반할 경우 황제의 뜻에 따라 처벌이 내려진다. 하지만 라미레스 후작은 친황제파의 귀족. 칼슈타트 황제가 자신의 수족 같은 라미레스 후작을 쳐 낼 리 없었다.

그렇다고 제국법을 위반한 귀족을 눈감아줄 수도 없었다.

백 명, 이백 명의 규모라면 적당이 알아서 처리하라고 시간을 주겠지만 라미레스 후작가에서 비밀리에 양성한 기사의 수는 3천여 명에 달했다. 그중 당장 전쟁에 투입이 가능한 견습 기사 급 기사가 천 명을 넘어섰다. 이 정도면 제국법을 실수로 위반한 게 아니라 고의로 어겼다고 봐도 무방했다.

듀크 남작은 칼슈타트 황제가 고민 끝에 추가 세금을 징수하는 수준에서 처벌을 마무리 지을 것이라고 예상했다.

라미레스 후작이 추가 세금을 내준다면 오히려 작위를 뛰어넘는 기사력을 유지할 수 있기 때문에 여러모로 이로웠다. 아르만 공작의 독주를 막을 수도 있고 여차하면 당장 전쟁을 벌일 수도 있었다.

그러나 그렇게 된다면 라미레스 후작의 재정 피해는 결코 무시할 수 있는 수준이 아니었다.

"만약 그렇게 된다면 내야 할 추가 세금은 얼마나 되지?"

라미레스 후작이 들끓는 목소리로 물었다.

듀크 남작이 이 시점에서 추가 세금에 대해 언급한 걸로

봐서는 그 양이 상당할 것 같았다.

아니나 다를까.

"제가 계산한 바에 따르면 최소 10만 골드입니다."

듀크 남작이 기다렸다는 듯이 대답했다.

"시, 십만 골드?"

"거기에다 기사들의 승급에 따른 추가 급료도 생각하셔야 합니다."

"허……!"

라미레스 후작은 순간 할 말을 잃었다.

한두 푼도 아니고 10만 골드라니. 그 정도 지출을 감당할 만큼 라미레스 후작가의 재정은 튼튼한 편이 아니었다.

그뿐만이 아니다. 천 명의 기사를 추가로 가문의 기사로 인정하면 그들에게 더 많은 재화를 쏟아야 한다. 살 집을 따로 내주고 하인들을 구해주는 건 물론이고 수련 기사 시절보다 5배나 많은 급료까지 지급해 주어야 했다.

"크으으."

라미레스 후작이 신음을 토해냈다.

듀크 남작의 말처럼 모든 경우를 다 따져 봐도 답이 나오지 않았다. 그렇다면 듀크 남작이 말한 차선책을 들어볼 수밖에 없었다.

"그래서? 그들을 내보내서 내가 얻는 건 뭐지?"

라미레스 후작이 단도직입적으로 물었다.

듀크 남작이 확실한 대답을 하지 않으면 결코 용서하지 않겠다는 표정이었다.

듀크 남작은 일단 크게 숨을 들이켰다. 그리고 마음을 최대한 진정시킨 뒤에 차분하게 입을 열었다.

"예비 기사들 전원이 전쟁을 하지 못하는 지금 상황에 대해 상당한 불만을 품고 있습니다. 하지만 그들 모두가 라미레스 후작가를 떠나고 싶어 하지는 않을 겁니다. 아마 시간이 좀 걸리더라도 라미레스 후작가의 기사로 인정받기를 원하는 자들이 더 많을 겁니다."

듀크 남작의 판단은 틀리지 않았다.

만약 유르스가 찾아 와서 설득하지 않았다면 제7기사 훈련소의 기사들도 라미레스 후작가를 떠나겠다는 생각은 하지 못했을 것이다.

"중요한 건 변화입니다. 만약 후작님께서 모든 예비 기사들을 전부 품에 안겠다고 하신다면 예비 기사들은 지칠 수밖에 없습니다. 하지만 만약 후작님께서 기사들 중 일부를 쳐 내고 기사 조직을 새로 개편하신다면 남은 예비 기사들은 정신이 바짝 들 겁니다. 한편으로는 가문의 기사로 인정받기 위해 노력하겠지요. 안 그렇습니까?"

듀크 남작이 판단의 몫을 라미레스 후작에게 돌렸다.

그 어떤 입에 발린 말을 하더라도 최종 결정을 내리는 건 늘 라미레스 후작이었다.

다행히도 라미레스 후작은 듀크 남작의 말의 본질을 정확하게 꿰뚫어 봤다.

예비 기사 천 명이 계속 예비 기사로 머물러 있다면 그 안에 포함된 예비 기사들은 지칠 것이다.

전쟁이 일어나서 다른 정규 기사나 견습 기사가 죽어야 자신들에게 기회가 올 텐데 전쟁도 일어나지 않고 기사들의 수가 줄어들 리도 없으며 경쟁자는 여전히 많다. 이 상황을 무작정 버티라면 반감이 커질 수밖에 없었다.

하지만 만약 예비 기사가 천 명에서 7백 명으로 줄어든다면? 그리고 능력이 부족한 일부 예비 기사를 영지에서 쫓아냈다고 말한다면? 남아 있는 예비 기사들은 지금보다 더 열심히 훈련할 것이다.

일단 경쟁자가 줄어들었으니 승급의 가능성이 높아졌다.

게다가 라미레스 후작가는 아단 산맥과 접해 있다. 전쟁은 아니더라도 몬스터 토벌 같은 전투는 자주 벌어질 수밖에 없었다.

그 과정에서 가문의 기사들이 죽거나 크게 다친다면? 자신들에게도 기회가 찾아오게 될 터였다.

"그러니까 3백 명을 포기해서 나머지 7백 명을 끌어안으라는 이야기로군?"

라미레스 후작이 슬쩍 입가를 비틀어 올렸다. 그러자 듀크 남작이 가볍게 고개를 끄덕였다.

"3백 명이 아깝긴 하지만 지금으로서는 그게 최선입니다. 그리고 후작님이시라면 3백 명을 내보내는 대신 합리적인 보상책을 생각해 내실 겁니다."

듀크 남작이 라미레스 후작의 기분을 맞춰주었다. 그래서일까.

"보상, 보상이라……."

뭔가를 떠올린 라미레스 후작의 입가로 더욱 음험한 웃음이 번졌다.

만일 제7기사 훈련소의 기사들이 단순히 라미레스 후작가가 싫어서 떠나는 것이라면 라미레스 후작도 그 손해를 만회할 방법이 없었다.

하지만 그들은 유르스를 따라 아베론 영지로 갈 계획이었다. 그렇다면 아베론 영지의 영주인 레이샤드를 통해 어느 정도 보상을 받아낼 수 있을 것 같았다.

가장 좋은 방법은 레이샤드에게 금전적인 보상을 요구하는 것이다.

대륙 역사상 기사가 거래의 대상인 경우는 극히 드물었지만 그렇다고 불가능한 건 아니었다.

"듀크 남작. 만약 제7기사 훈련소의 기사들을 다른 영지에 보낸다면 얼마나 받을 수 있겠나?"

라미레스 후작이 특유의 게슴츠레해진 눈으로 듀크 남작을 바라봤다. 그러자 잠시 망설이던 듀크 남작이 어렵지 않게 대답했다.

"상대가 누구냐에 따라 다르겠지만 대략 제7기사 훈련소 기사들의 수준을 감안했을 때 대략 30만 골드 정도는 받아야 할 것 같습니다."

제7기사 훈련소의 기사들은 대부분 오러 나이트(축적한 마나를 체외로 방출시킬 수 있는 단계, 일반적인 견습 기사의 수준)의 수준이었다.

그중 일부는 오러 유저 마스터의 단계였지만 아직 블레이드 나이트(체외로 방출한 오러를 유형화시킬 수 있는 단계, 일반적인 정규 기사의 수준)의 단계에는 이르지 못하고 있었다.

견습 기사 한 명을 양성하는 데 필요한 재화는 어림잡아 2천 골드 수준이었다.

제7기사 훈련소의 기사가 총 300명이니 무려 60만 골드가 필요하다는 계산이 나온다.

하지만 그 계산은 어디까지나 정규 기사 이상 성장이 가능한 견습 기사일 때에나 통용되는 계산이었다.

가능성 있는 견습 기사라면 5천 골드를 쏟아부어도 아깝지 않지만 만약 그의 실력이 계속해서 견습 기사에 머무른다면 그때는 득보다 실이 더 많을 수밖에 없었다.

실제 전투에서 정규 기사와 견습 기사의 수준 차이는 견습 기사와 수련 기사의 수준 차이보다 훨씬 컸다.

정규 기사는 하이 오러라는 강화된 오러를 사용할 수 있었다. 반면 견습 기사는 하이 오러가 되기 전 단계인 오러만을 사용했다.

블레이드 나이트 급 정규 기사가 다루는 하이 오러는 시전자의 의지에 따라 유형화가 가능하다. 그래서 대부분의 정규 기사들은 오러를 검에 덧씌워 사용했다.

기사들이 익힌 마나 익스핀에 따라 차이는 있겠지만 대부분의 오러는 어지간한 흑철 이상의 강도를 보였다. 그런 오러를 검 전체에 덧씌웠으니 그 파괴력은 이루 말할 수조차 없었다.

반면 오러 나이트 급 견습 기사가 만들어낸 오러는 강도는 단단하지만 시전자의 마음대로 조절하는 게 불가능했다.

일시적, 혹은 순간적으로 검을 타고 형상화시킬 수는 있지만 그것을 블레이드 나이트의 하이 오러처럼 계속 유지시키란 쉬운 일이 아니었다.

그래서 막상 기사들 간의 전투가 벌어졌을 때 오러 나이트들은 제대로 된 실력조차 선보이지 못하고 몰살당하는 경우가 많았다. 반면 블레이드 나이트들은 마지막까지 버티며 싸웠다.

그들의 마나 홀 속에 묵직하게 쌓인 마나들이 하이 오러가 되어 달려드는 적들을 쓰러뜨리는 원동력이 되는 것이다.

만약 제7기사 훈련소의 기사들이 전부 블레이드 나이트가 가능한 인재들이었다면 듀크 남작은 그보다 몇 곱절 많은 금액을 말했을 것이다.

하지만 라미레스 후작가에서 선별한 인재들은 이미 후작가의 기사로 인정받은 뒤였다.

현실적으로 봤을 때 많아야 10명 정도가 블레이드 나이트로 올라설 뿐 나머지는 평생 오러 나이트 수준에 머무를 터였다.

그렇다면 60만 골드인 육성 자금의 절반 정도만 받는 게 타당해 보였다.

실제로 과거 프라임 백작가가 반역으로 멸문당했을 때 프라임 백작가의 기사들 중 일부가 거래된 적이 있었다. 그때 정규 기사는 1만 골드, 견습 기사는 1천 골드 전후의 세금을 내는 조건으로 주변 영지에서 받아들였던 기억이 있었다.

그때의 조건과 비교해 보더라도 30만 골드는 과한 조건이 아니었다. 하지만 정작 라미레스 후작은 생각보다 많다는 반응이었다.

"30만 골드라. 그 정도를 받을 수 있다면 나야 좋겠지만 레이샤드 황자가 과연 그만한 돈이 있을까."

아베론 영지의 사정을 거의 알지 못하는 라미레스 후작은 회의적인 반응을 보였다.

만약 레이샤드에게 그 정도 여유 자금이 있었다면 아마 가장 먼저 기사단부터 양성했을 것 같았다.

하지만 아베론 영지에는 기사단이 사라진 지 꽤나 오래되었다. 게다가 대충 듣기로는 영지에 영지민이 거의 없다고 한다.

그런 영지에 제대로 된 생산력이 존재할 리도 없었다.

"그 대상이 레이샤드 황자라면… 차라리 크게 선심을 쓰시는 게 좋을 것 같습니다."

듀크 남작이 말을 바꿨다.

만약 주변 영지에 기사들을 넘길 생각이라면 몰라도 아베론 영지라면 받아낼 수 있는 게 거의 없을 것 같았다.

그러나 라미레스 후작은 고개를 흔들어댔다. 꼭 무언가를 받아내는 것만이 이득인 것은 결코 아니었다.

"우리 영지에 불필요한 인구가 얼마라고 했지?"

라미레스 후작이 화제를 바꿨다.

그러자 그 말의 뜻을 용케도 알아들은 듀크 남작이 씩 웃으며 말했다.

"얼마 전 행정관에서 올라온 보고에 따르면 영지 전체 인구수가 48만 명을 넘어섰다고 합니다."

"허……. 지난번보다 3만이 늘었군 그래."

"본래 2년 단위로 조사하던 걸 지난번에는 전쟁 준비 때문에 생략을 했으니 한꺼번에 3만이나 늘어난 것처럼 보이지만 실제로는 평균치라고 합니다."

"그래도 너무 많아. 이래서는 영지를 발전시킬 수가 없잖아."

"진정하십시오, 후작님. 다행히도 영지민들만 늘어난 게 아닙니다. 영지의 생산력도 작년에 비해 조금 늘어난 상태입니다."

"그 구리 광산 때문에?"

"네. 비록 구리 광산이긴 해도 질도 좋고 매장량도 상당하기 때문에 향후 50년간은 영지에 적잖은 도움이 될 것 같습니다."

라미레스 후작은 아르만 공작가와 전쟁만 준비한 게 아니었다. 라미레스 후작가가 공작가가 된 이후의 일까지 미리 염두에 두었다.

전쟁을 통해 아르만 공작령의 일부를 빼앗는다 하더라도 그것만으로는 영지 성장에 한계가 있었다. 게다가 아르만 공작가의 알토란같은 땅은 대부분 경계선 후방에 있었다.

경계선 근처의 땅들 중 쓸 만한 땅은 그리 많지 않았다.

라미레스 후작이 전쟁을 통해 아르만 공작가를 완전히 집어삼킨다면 모르겠지만 그럴 가능성은 현실적으로 없다시피 했다.

라미레스 후작령과 아르만 공작령이 하나가 되면 그 규모는 어지간한 대공령에 버금가게 된다. 하지만 라미레스 후작이 욕심을 내서 얻을 수 있는 작위는 공작위가 한계였다.

나라에 큰 공을 세우거나 황족으로 태어나지 않는 한 일반 귀족이 대공이 되는 일은 극히 드물었다.

게다가 칼슈타트 황제를 견제하는 황실에서 라미레스 후작가의 팽창을 가만히 두고 볼 리 없었다.

필시 귀족들을 움직여 라미레스 후작가가 차지한 아르만 공작가의 분할을 추진하려 할 터. 자연스럽게 라미레스 후작가는 아르만 공작가의 수준으로 줄어들게 될 것이다.

그래서 라미레스 후작은 애당초 아르만 공작의 땅에 욕심을 부리지 않았다. 그보다는 아르만 공작가와 이권으로

엮인 아단 산맥 개발에 관심을 가졌다.

그리고 그 과정에서 영지의 권역과 멀지 않은 곳에 구리 광산을 하나 발견하게 됐다.

다행히 아르만 공작령과는 제법 떨어진 곳이라 아르만 공작의 간섭을 받을 필요도 없었다. 덕분에 정체되었던 라미레스 후작가의 생산력이 예년에 비해 조금 상승한 상태였다.

하지만 그렇다고 해서 잉여 인구 전부를 감당하기란 쉽지 않았다.

"본래 영지에서 감당할 수 있는 인구가 40만이었습니다만 구리 광산의 생산력을 감안하면 43만까지도 문제없을 것 같습니다."

듀크 남작이 적정 인구수를 말했다.

43만.

구리 광산 하나로 3만의 잉여 인구를 더 수용할 수 있게 됐지만 인구 조사 누락으로 인해 다시 3만의 인구가 더 늘어났으니 결국 불필요한 인구가 5만이나 된다는 사실은 달라지지 않았다.

만일 제7기사 훈련소의 기사들이 문제를 일으키지 않았다면 라미레스 후작은 잉여 인구 문제로 골치가 아팠을 것이다.

하지만 그들이 라미레스 후작가를 떠난다고 하면서 새로운 방법이 생겼다.

"그 5만 명 전부를 아베론 영지로 보내는 건 어떨까?"

라미레스 후작이 탐욕을 부렸다.

만일 그렇게 할 수만 있다면 제7기사 훈련소의 기사들에 대한 보상을 받지 않아도 배가 부를 것 같았다.

"그렇게 된다면 좋겠지만 레이샤드 황자가 순순히 받아들일지는 모르겠습니다."

듀크 남작이 난색을 표했다.

5천 명의 이주민조차 부담스러워하던 아베론 영지에 그 10배인 5만의 인구를 보낸다면 아마 영지가 안정되기는커녕 그대로 망해 버릴지 몰랐다.

5만은 평균적인 자작령의 인구 규모였다. 그러나 아베론 영지는 현재 자작령은커녕 남작령 수준조차 못 되는 형편이었다.

하지만 라미레스 후작은 고집을 꺾지 않았다.

그렇지 않아도 레이샤드에게 유르스를 빼앗긴 것 때문에 분통이 터질 지경이었는데 거기에 300명이나 되는 기사들까지 빼앗길 판이었다. 그런데 아무 보상조차 받지 못한다면 너무나 억울할 것 같았다.

"당장 마법 통신을 연결하게."

라미레스 후작이 자리에서 일어났다.

듀크 남작이 조심스럽게 만류해 봤지만 라미레스 후작은 그의 목소리가 더 이상 귀에 들어오지 않았다.

2

늦은 저녁.

"영주님. 라미레스 후작가에서 영주님께 마법 통신을 요청했습니다."

막 잠자리에 들려던 레이샤드의 방문을 두드리며 아돌프가 곤욕스러운 표정을 지었다.

보아하니 아돌프가 밤이 늦었다고 거절하는 걸 라미레스 후작 쪽에서 고집스럽게 버틴 모양이었다.

"괜찮아요. 그렇지 않아도 저녁을 과하게 먹어서 소화도 시킬 겸 정무를 보고 있었어요."

레이샤드가 괜찮다며 고개를 끄덕였다. 그리고는 옷을 갈아입고 마법 통신이 가능한 라인하르트의 마탑을 찾았다.

"이렇게 늦은 시간에 마법 통신이라니. 라미레스 후작이라는 자, 정말 예의가 없는 것 같습니다."

마법 통신을 연결하며 시리우스가 불만스럽게 투덜거렸다.

마법사들에게 있어 저녁은 명상과 공상의 시간이었다. 그래서 마법과 관련한 업무는 해가 저물면 부탁하지 않는 게 예의였다.

"미안해요, 시리우스. 라인하르트에게 부탁할 걸 그랬나 봐요."

레이샤드가 미안한 얼굴로 말했다. 그러자 시리우스가 절대 그래서는 안 된다고 펄쩍 뛰었다.

"라인하르트 님께 이런 하찮은 일을 부탁드릴 수는 없지요. 이게 다 아직 영지에 마법 통신 전속 마법사가 없어서 생긴 일입니다. 그 문제는 제가 어떻게든 해결할 테니 절대 라인하르트 님께 이런 부탁은 하지 말아 주십시오."

시리우스가 간절한 목소리로 말했다.

오밤중에 방해받는 건 딱 질색이었지만 그렇다고 라인하르트를 번거롭게 만들 수는 없었다.

"알았어요. 걱정 마요."

레이샤드가 피식 웃음을 흘렸다. 그와 동시에 마정석에 환한 불이 들어왔다.

제54장

틀을 갖추다 part 1

1

"그러니까 영주민을 5만 명이나… 보낸단 말인가요?"

갑작스러운 라미레스 후작의 제안에 레이샤드는 순간 할 말을 잃었다.

본래 레이샤드가 원했던 것은 5천 명의 인구였다. 그런데 그 숫자가 갑자기 열 배로 불어나 버렸다.

그러자 라미레스 후작이 앓는 목소리로 말했다.

―저 역시 아베론 영지의 사정을 고려해 5천 명만 보낼 생각이었습니다. 그런데 이주를 원하는 이들의 지원을 받

다 보니 그 수가 5만에 달했습니다. 다들 라미레스 영지를 떠나 레이샤드 황자님께서 계신 아베론 영지에 가고 싶어 하는데 제가 어떻게 할 수 있겠습니까. 이게 다 황자님께서 좋으신 분이라는 소문이 영지에 가득 퍼졌기 때문입니다. 그러니 바라옵건대 황자님께서 불쌍한 영지민들을 받아들여 주십시오.

라미레스 후작은 듀크 남작에게 영주민을 강제로 떠넘길 것처럼 굴었다.

그러나 제아무리 라미레스 후작이라 하더라도 황족인 레이샤드에게 무례를 범할 수는 없는 노릇이었다.

오히려 라미레스 후작은 레이샤드가 아직 어리다는 점을 간파했다. 그래서 일부러 레이샤드의 약점을 파고들었다. 그러자 레이샤드도 마음이 흔들렸다.

만약 자신의 옆에 엘리자베스가 있었다면 뭔가 조언을 구했을 것이다. 하지만 밤이 늦은 시간에 급작스럽게 이루어진 마법 통신이다 보니 엘리자베스에게 따로 연락을 하지 못한 상황이었다.

그렇다고 라미레스 후작을 앞에 두고 엘리자베스가 올 때까지 시간을 끌 수도 없는 노릇이었다.

―레이샤드 황자님. 이렇게 부탁드립니다.

어떻게든 일을 마무리 지으려는 듯 라미레스 후작이 고

개를 숙였다. 그러자 레이샤드도 어쩔 수 없이 고개를 끄덕
거렸다.

"알겠습니다. 후작가의 상황이 그렇다면 제가 받아들이
겠습니다."

─가, 감사합니다. 레이샤드 황자님.

겉으로는 감격스러운 표정을 지으면서도 라미레스 후작
은 속으로 레이샤드를 비웃었다.

확실히 나이가 어리고 경험이 부족하다 보니 이토록 중
요한 문제를 제멋대로 결정해 버렸다고 여겼다.

하지만 레이샤드는 그 정도 분별도 하지 못할 만큼 어리
지도 경험이 부족하지도 않았다.

현재 아베론 영지의 인구는 5천 명이다. 그리고 추가로
폭풍의 용병단과 그들의 가족 3만 명이 들어오기로 되어 있
었다.

여기에 라미레스 후작가에서 5천 명을 더 받아 4만 명의
인구를 만드는 게 1차 목표였다.

적어도 그 정도는 되어야 넓디넓은 아베론 영지를 예전
처럼 되돌리는 작업을 시작할 수 있을 것 같았다.

그런데 관리들 중 일부는 폭풍의 용병단이 아베론 영지
에 제대로 융화될 수 있을지를 걱정했다.

또한 폭풍의 용병단이 평생 아베론 영지에 머무를 게 아

닌 만큼 그들이 영지를 떠난 다음의 일도 고민해야 한다고
말했다.

레이샤드는 폭풍의 용병단이 계속해서 아베론 영지에 남
아 있어 주길 바랐다. 그리고 그들이 그렇게 될 것이라 믿
었다.

폭풍의 용병단을 끌어들이는 건 엘리자베스가 계획했던
일이다. 엘리자베스가 계획한 일들 중 지금까지 틀어지거
나 실패한 경우는 단 한 번도 없었다.

레이샤드가 굳이 제국에까지 가서 폭풍의 용병단을 도운
건 단순히 그들과 일시적인 용병 계약을 하기 위해서가 아
니었다.

폭풍의 용병단을 통해 아베론 영지를 안정시킴은 물론
장기적으로 성장의 원동력으로 삼기 위해서였다.

하지만 그런 레이샤드와 엘리자베스의 계획을 관리들은
이해하지 못했다.

어쩌면 당연한 일이었다. 엘리자베스의 정체를 전혀 알
지 못하는 관리들에게 그녀는 그저 예쁘고 돈 많은 귀족가
의 영애일 뿐이었다.

솔직히 대륙을 주름잡던 폭풍의 용병단이 아무런 이유도
없이 아베론 영지에 남을 것이라고 생각하는 건 쉬운 일이
아니었다.

이유는 간단했다.

폭풍의 용병단은 제국의 구애도 마다할 만큼 독자적인 성격을 띠고 있었다. 그들이 아무것도 없는 아베론 영지에서 살기 위해 용병으로서의 자유를 포기할 것 같지 않았다.

그렇다 보니 관리들은 레이샤드가 내린 지시들을 어떻게 처리해야 할지에 대해 고민이 깊어졌다.

폭풍의 용병단이 영구적인 아베론 영지의 영주민이라면 그들을 더 이상 용병단으로 볼 필요가 없었다. 당연히 그들을 영지민처럼 대하고 우대하며 지원해야 마땅했다.

하지만 폭풍의 용병단이 일정 기간의 계약을 끝마치고 다시 대륙으로 돌아간다면? 그때는 영지가 급격하게 침체될 것이다.

만일 정말로 그렇다면 폭풍의 용병단을 영지민의 수준으로 지원하라는 레이샤드의 지시를 따를 이유가 없었다.

아돌프를 통해 관리들의 숨겨진 불만을 읽은 레이샤드는 한숨이 나왔다.

관리들의 걱정을 이해하지 못하는 건 아니지만 영주로서 자신을 믿고 따라와 주지 않는 게 내심 서운하기만 했다. 그렇다고 관리들을 설득하기 위해 엘리자베스의 정체를 알릴 수도 없는 일이었다.

"이건 레이가 나서서 해결해야 할 일이에요."

엘리자베스는 레이샤드가 주도적으로 나서서 관리들의 불안감을 해소시켜야 한다고 말했다. 그러면서도 평소처럼 그 방법을 일러주지 않았다.

레이샤드라면 충분히 그 방법을 생각해 낼 것이라며 격려만 해주었다.

만약 예전 같았다면 레이샤드는 뭘 어찌해야 할지 몰라 우왕좌왕했을 것이다.

그러나 제국에 머물면서 많은 것을 보고 겪은 덕분일까. 레이샤드는 관리들이 제대로 일을 하고 싶어 한다는 사실을 금세 알아챘다.

그래서 레이샤드는 생각을 바꿨다. 본래는 폭풍의 용병단을 통해 1차적으로 영지를 안정시킬 생각이었지만 관리들이 폭풍의 용병단을 받아들이지 못한다면 차선책을 고려할 수밖에 없었다.

그 차선책이란 결국 영지민의 수를 늘리는 것뿐이었다. 영지민들의 수를 폭풍의 용병단이 영지를 떠나더라도 안심할 수 있는 수준까지 늘린다면 관리들도 마음 편히 자신들의 역할에 충실할 것이라고 생각한 것이다.

그래서 레이샤드는 주변의 세 백작가에 잉여 영지민들을 보내 달라고 부탁을 할 생각이었다. 그런데 예상치도 못했던 라미레스 후작이 영지민을 더 보내주겠다고 제안했다.

그 숫자가 레이샤드가 목표로 했던 2만 명을 훌쩍 뛰어넘었지만 레이샤드는 라미레스 후작의 요청을 받아들였다.

당장은 힘들겠지만 영지민들과 관리들과 합심해 어려움을 잘 이겨내다 보면 그만큼 아베론 영지의 성장도 빨라질 것이라는 판단 때문이었다.

그렇다고 해서 무작정 라미레스 후작의 말에 휘둘리고 싶지는 않았다.

레오니스 제국의 황족이기 이전에 아베론 영지의 영주로서 영지를 위해 실익을 챙겨야 했다.

"대신 그들의 이주 비용은 전부 라미레스 후작가에서 책임져 주세요."

레이샤드가 라미레스 후작에게 조건을 달았다. 그러자 애써 웃음을 삼키고 있던 라미레스 후작의 표정이 굳어졌다.

아르만 공작가처럼 라미레스 후작가에도 공간 이동 포탈이 설치되어 있었다.

그 포탈을 이용한다면 5만의 영지민을 손쉽게 아베론 영지로 옮길 수 있었다.

문제는 비용이다.

5만 명이나 되는 이들을 공간 이동 포탈을 통해 옮길 경우 어림잡아 1천만 골드나 되는 비용이 들 수밖에 없었다.

그건 제국 황실이라 하더라도 쉽게 감당하기 어려운 돈이었다. 라미레스 후작가의 연평균 세입은 100만 골드에 미치지 못하고 있었다.

그런 라미레스 후작가가 이주민들의 이주 금액을 지원한다면 10년간 거둬들인 모든 세금을 마탑에 줄 수밖에 없었다.

─화, 황자님. 그건 불가능한 일입니다.

라미레스 후작이 다시 앓는 소리를 냈다.

레이샤드가 무슨 생각으로 그런 말도 안 되는 요구를 했는지는 모르겠지만 그 많은 이주 금액을 부담하느니 차라리 영지민들의 이주 제안을 취소하는 게 나을 정도였다.

그러자 레이샤드가 웃어 보였다. 마음만 먹으면 라미레스 후작가를 얼마든지 곤란하게 만들 수 있다는 사실을 알려주기 위해서 한 말이지 정말로 라미레스 후작가에게 모든 이주 비용을 부담시킬 생각은 없었다.

게다가 라미레스 후작가의 영지민들의 이주는 본래 아베론 영지에서 전담하기로 이야기가 끝난 상황이었다.

만에 하나 있을지 모를 불순한 자들의 영지 유입을 막기 위해 라인하르트가 모든 걸 직접 관리하고 감독하겠다는 계획이었다.

게다가 라인하르트가 만든 마법진을 이용하면 굳이 마탑

에게 포털 이용료를 낼 필요도 없었다.

"아쉽네요. 라미레스 후작가가 대단히 부유한 영지라고 들었는데 그 정도 여력은 없나 봐요."

레이샤드의 한 마디가 라미레스 후작의 자존심을 찔렀다.

만약 자존심이 센 귀족이라면 뒷일은 생각하지도 않고 레이샤드의 제안을 받아들여 버렸을지 몰랐다. 하지만 라미레스 후작은 자존심도 중요하지만 그보다 실리를 추구하는 자였다.

—소, 송구합니다, 황자님. 제 능력이 부족해⋯ 영지의 사정이 그렇게 좋지는 않습니다. 그래서 아베론 영지로 가기 위해 많은 영지민이 지원하고 있는 상황이고요.

라미레스 후작이 교묘하게 말을 맞춰 끼웠다.

영지가 어려우니 이주를 원하는 영주민이 5만이나 발생하는 것도 이상하지 않았다.

"그럼 좋아요. 약속대로 영지민들의 이주는 아베론 영지에서 책임질게요. 영지에 실력 있는 마법사도 있고 빛의 마탑에도 도움을 청할 수 있으니까요."

레이샤드가 영지민의 이주 문제는 걱정하지 말라고 말했다.

그제야 라미레스 후작의 입가를 타고 안도의 한숨이 흘

러나왔다.

하지만 레이샤드의 이야기는 아직 다 끝나지 않았다.

"대신 이주를 원하는 영지민들을 아무런 조건 없이 아베론 영지로 보내줘요."

레이샤드가 이주 자금 지원을 대신해 새로운 제안을 했다. 그러자 또다시 라미레스 후작의 얼굴이 일그러졌다.

어느 특정 영지에 속한 영지민이 자유민이 되기 위해서는 이주 허가금을 내야만 했다. 그리고 그 비용은 영지에 따라 다르지만 영지민들에게는 적잖은 부담이 될 수밖에 없었다.

라미레스 후작가의 가구당 이주 허가금은 500골드였다. 라미레스 후작가가 대영지임을 감안했을 때 지나치게 비싼 금액이었지만 라미레스 후작의 뜻은 변하지 않았다.

그간 영지의 덕을 본 영지민을 싼 값에 자유민으로 만들어 줄 수는 없는 노릇이었다.

라미레스 후작은 이번 기회에 영지민들의 이주 허가금으로 전쟁 준비 자금으로 텅 비어버린 창고를 채울 생각이었다.

이주 가족을 5인 기준으로 봤을 때 총 1만 가구가 이주하는 셈이다. 그들에게 500골드씩 받는다면 무려 500만 골드였다.

라미레스 후작령에 남아도는 인구를 아베론 영지에 반강제적으로 떠넘기는 상황이었지만 라미레스 후작은 영지민들의 이주 허가금을 포기할 마음이 조금도 없었다. 그건 영주가 자신의 소유에 있는 영지민들에게 갖는 절대적인 권리 중 하나였다. 그걸 행사하는 게 영주의 당연한 덕목이라고 여겼다.

그런데 정작 레이샤드는 그 이주 허가금을 포기하라고 말한다. 다시 말해 500만 골드나 되는 재화를 포기하라고 이야기하고 있었다.

'젠장할!'

라미레스 후작이 입술을 질근 깨물었다.

마음 같아서는 유르스가 저지른 만행을 들먹이며 기사들의 이주에 대한 보상 비용을 받아내고 싶었다. 하지만 그랬다간 레이샤드는 또 다른 보상을 요구할 것이다.

그렇게 서로 보상을 주고받다 보면 결국 자신이 손해를 볼 수밖에 없다는 걸 라미레스 후작은 모르지 않았다.

어찌 됐건 상대는 아베론 영지의 영주이기 이전에 제국의 황족이다.

레이샤드의 이름이 제국 황실의 명부에서 완전히 사라지지 않는 한 라미레스 후작은 레이샤드에게 져 줄 수밖에 없었다.

―알겠… 습니다, 영주님.

　라미레스 후작이 마지못해 고개를 주억거렸다.

　레이샤드가 자신의 일방적인 조건을 받아들였듯 그 역시 레이샤드의 조건을 받아들일 수밖에 없는 처지가 되고 만 것이다.

　"잘 생각했어요, 라미레스 후작."

　레이샤드가 슬쩍 입가를 비틀어 올렸다.

　그렇게 깊은 밤 은밀하게 이루어진 레이샤드와 라미레스 후작의 신경전은 레이샤드의 승리로 돌아갔다.

2

　"오, 오만 명이라니요!"

　"영주니임!"

　이른 아침부터 또다시 회의실로 불려 온 관리들의 입에서 절로 비명이 터져 나왔다.

　레이샤드가 자신들과 한 마디 상의도 없이 폭풍의 용병단을 끌어들였을 때에도 모든 관리들이 갑작스럽게 늘어나는 인구에 대해 부담을 느끼고 있었다.

　다만 아베론 영지의 발전을 위해서 영지민들의 유입이 필요하기 때문에 어쩔 수 없이 현실을 받아들인 것뿐이었다.

그런데 이제는 라미레스 후작가에서 5만이나 되는 영지민을 받아들이겠다니. 이건 해도 너무한 일이었다.

"폭풍의 용병단의 가족들까지 감안하면 갑작스럽게 늘어나는 인구수가 8만입니다."

"그렇게 되면 기존의 영지민들이 불안함을 감추지 못할 것입니다."

관리들이 한목소리로 우려를 표했다.

아베론 영지의 인구가 예전처럼 100만을 헤아렸다면 8만의 인구는 어떻게든 받아들일 수 있었을 것이다.

그러나 현재 아베론 영지의 인구는 5천에 불과했다. 기존의 영지민의 16배에 달하는 이주민을 받아들인다는 건 상식적으로 말이 되지 않았다.

"여러분의 걱정을 충분히 이해해요. 하지만 아베론 영지가 성장하기 위해서는 사람이 필요해요."

레이샤드가 담담한 목소리로 말했다.

그 음성은 나직했지만 어느새 관리들의 마음을 울릴 만큼 묵직해져 있었다.

"이주민들을 갑작스럽게 많이 받으면 영지민들이 힘들어할 거라는 거 잘 알고 있어요. 하지만 아베론 영지의 인구가 자연적으로 성장하는 것에는 한계가 있어요. 그렇다고 우리가 원할 때마다 이주민들을 받아들이는 것도 쉽지 않은 일이잖아요?"

레이샤드가 합리적인 이유로 관리들을 달랬다.

당장 아베론 영지에 유입되는 인구로 인한 혼란은 피하기 어려웠지만 모두가 힘을 합쳐 영지를 안정화시킨다면 그 다음에는 8만이 넘는 유입 인구가 영지 발전에 큰 원동력이 될 터였다.

"영주님 말씀도 일리가 있는 것 같습니다."

잠자코 듣고 있던 재정 담당 조르만이 고개를 끄덕거렸다.

레이샤드의 말처럼 영지의 인구란 계획하는 대로 늘릴 수 있는 게 아니었다.

비록 지금은 이주민들의 수가 과해 보이지만 아베론 영지의 전체 규모를 생각했을 때 수용이 불가능한 수준은 아니었다.

오히려 그들이 빠른 시간 내에 영지에 자리를 잡아 준다면 머잖아 아베론 영지도 지도 상에 존재하지 않는, 버림받은 영지라는 오명에서 벗어날 수 있을 터였다.

"영주님께서 그렇게 말씀하시니 제 생각이 짧았던 것 같습니다."

행정을 담당하는 모비드도 이내 생각을 바꿨다.

그는 레이샤드가 아무런 생각이나 대책도 없이 무턱대고

5만의 이주민을 받아들이는 것이라고 여겼다.

하지만 레이샤드가 영지의 미래를 놓고 고민하고 내린 결정이라면 어렵더라도 따르는 게 관리의 도리 같았다.

영지 행정의 핵심 관리인 조르만과 모비드가 레이샤드를 두둔하자 다른 관리들도 불만의 목소리를 거둬들였다.

아베론 영지의 사정이 예전과 별반 다르지 않았다면 죽기 살기로 반대했겠지만 현재의 아베론 영지는 예전과는 비교도 할 수 없을 만큼 변해 있었다.

일단 농사가 가능한 농경지가 조성되고 있었다.

폐광된 구리 광산을 대신해 영지의 특산물이 될 흑철 광산이 개발되었고 매달마다 제조되는 포션은 없어서 못 팔 정도였다.

거기다 아카데미는 물론이고 신전까지 차근차근 완공되고 있었다.

모든 걸 갖춰놓고 영지민들을 받아들인다면 더 좋겠지만 그것이 불가능하다면 일단은 영지민의 수를 늘려 놓고 기다리는 것도 나쁘지 않을 것 같았다.

"그렇다면 다들 영주님의 뜻을 이해하신 것으로 알고, 그럼 지금부터 실무적인 논의를 시작하겠습니다."

아돌프가 나서서 분위기를 환기시켰다.

그 역시 갑작스럽게 늘어난 이주민들의 숫자가 상당히

부담스러웠지만 그렇다고 해서 레이샤드의 결정을 반대하고 싶지는 않았다.

언제나 결정을 내리는 건 영주의 몫이었다. 그리고 자신의 역할은 영주가 최선의 선택을 하고, 또 그 선택을 실행에 옮기도록 옆에서 돕는 것이다.

"일단 이주민들의 수용 방법에 대해 논의해 봅시다."

아돌프가 안건을 내놓았다. 그러자 가신들의 입에서 여러 가지 대안이 쏟아져 나오기 시작했다.

제55장

틀을 갖추다 part 2

1

　　라미레스 후작은 레이샤드가 5만의 영지민을 한꺼번에 수용해 주길 바랐다. 하지만 레이샤드도 그렇게까지 무리를 해서 이주민들을 받아들일 마음은 없었다.

　　"라인하르트 님께서 도와주신다고 가정했을 때 하루에 수리가 가능한 집은 대략 4채 정도입니다."

　　모비드가 거주지 확보를 들어 하루에 수용 가능한 인구의 수를 말했다.

　　그가 20명의 병사와 쉬지 않고 집을 보수한다고 해도 하루에 5채 정도가 한계선이었다.

물론 라인하르트가 마음만 먹는다면 아베론 영지 전체에 존재하는 버려진 집들을 단번에 수리할 수 있었다. 하지만 그랬다간 그의 정체가 들통나고 말 터였다.

라인하르트가 마음먹고 마법을 사용할 수 있는 범위는 수행 중인 엘리자베스의 신변에 이상이 생길 때뿐이었다. 그 외에는 통상적인 인간들의 수준을 벗어날 수 없었다.

하지만 행정관(아베론 영지의 행정을 관리하는 곳)은 라인하르트의 그 통상적인 마법 수준도 쫓아가지 못했다. 인력이 턱없이 부족하기 때문이었다.

"하루에 4채면 한 달에 700명 수준입니다."

계산에 능한 조르만이 이맛살을 찌푸렸다.

한 달에 700명(정확하게는 720명, 한 달은 36일)이면 1년에 1만 1천여 명(1년은 16개월)이 한계다. 5만의 이주민을 전부 받아들이기 위해서는 족히 4년 이상이 필요하다는 이야기였다.

그러나 그 정도 시간을 라미레스 후작가에서 기다려 줄 리 없어 보였다.

"주거지 확보 시간을 더 단축시킬 수 있는 방법이 없을까요?"

레이샤드가 관리들에게 의견을 구했다. 그러자 슬쩍 주

변의 눈치를 살피던 에이작이 슬그머니 턱을 들어 올렸다.

"집을 보수하는 시간을 단축시키는 방법은 아마 없을 겁니다. 저도 재미삼아 참여를 해봤는데 하루에 집 한 채 손보는 데 5명도 빠듯합니다."

에이작이 경험을 들어 쉽지 않다고 말했다.

그러나 에이작도 고작 그런 말을 하려고 입을 연 건 아니었다.

"그러니 방법을 바꾸는 게 좋겠습니다."

"방법을 바꿔요?"

"네, 영주님. 기존의 아베론 영지의 영지민들은 대부분 맡은 일들이 있습니다. 그들의 일을 중단시킨다면 문제가 될 수 있습니다. 그래서 말인데 일단 신전 공사를 한 달 정도만 중단시키는 게 어떻겠습니까?"

신전 공사라는 말에 레이샤드가 눈을 깜빡였다.

아베론 영지에 신전을 짓는 건 오로지 엘리자베스의 몫이었다. 그리고 애석하게도 레이샤드에게는 엘리자베스가 자발적으로 하는 일을 방해할 권리가 없었다.

그러나 에이작은 그것이 최선의 대안이라고 역설했다.

"엘리자베스 님께는 죄송한 이야기이지만 신진 공사에 참여한 장인들이 일단 주거지 보수 작업에 참여해 준다면 지금보다 훨씬 많은 집을 고칠 수 있을 것입니다."

에이작의 주장에 관리들이 하나둘씩 고개를 끄덕였다.

솔직히 아베론 영지에서 진행 중인 공사들 중 단 한 가지를 멈춰야 한다면 누구라도 에이작처럼 신전을 떠올릴 것이다.

"그런 식으로 장인들을 빼돌리면 신전은 한동안 공사를 진행하기 어려울 텐데요."

레이샤드를 대신해 아돌프가 넌지시 문제점을 지적했다. 그러자 에이작이 걱정할 것 없다며 웃어 보였다.

"신전 공사의 장인들에게 도움을 청하는 것은 처음 한 달뿐입니다. 그 다음에는 새로 들어온 영지민들에게 그 다음에 들어올 영지민들을 위해 집을 고치라고 하면 됩니다. 그리고 나중에 주거지 확보가 끝이 나고 새로 유입된 영지민들 중 일부를 신전 공사에 참여시키면 서로에게 좋은 일이 아니겠습니까?"

에이작이 목소리에 힘을 주어 말했다. 그의 말이 어찌나 그럴듯하게 들렸던지 엘리자베스의 의사도 물어보지 않고 레이샤드가 그 자리에서 고개를 끄덕거려 버렸다.

"정말 좋은 생각인 것 같아요. 다른 분들의 생각은 어때요?"

레이샤드가 반색하며 관리들을 돌아봤다.

에이작이 모처럼 괜찮은 의견을 내놓았기 때문에 다른

관리들도 별다른 불만 없이 고개를 끄덕거렸다.

"만약 에이작의 말대로 신전의 장인들이 나서 준다면 어떻게 되나요?"

레이샤드가 다시 모비드를 바라봤다. 그러자 모비드가 눈을 빠르게 깜빡거리며 대답했다.

"정확한지는 잘 모르겠지만 신전 건축에 참여한 장인이 대략 1천 명이기 때문에 그들 전부가 집을 보수하는 작업에 나서 준다면 하루에 200채도 가능할 것 같습니다."

모비드의 계산은 지극히 산술적이었다.

여러 가지 변수를 감안하자면 그보다 못할 가능성이 높았다.

하지만 계산의 절반만이라도 보수가 이루어진다면 한 달에 1만 8천 명까지 이주민을 받아들일 수 있었다.

그리고 새로 들어온 이주민들이 그 다음에 들어올 이주민들을 위해 나서준다면 주거지 확보도 3개월 안에 끝이 날 터였다.

3개월 정도면 라미레스 후작가도 충분히 받아들일 수 있는 시간이었다.

기존의 영지민들의 입장을 고려했을 때도 이주민들이 3번에 나눠서 들어오는 게 더 받아들이기 수월할 터였다.

문제는 라인하르트가 얼마나 많은 집의 보수에 참여할

수 있느냐는 점과 엘리자베스가 과연 신전 장인들의 활용 계획을 찬성해 주느냐는 것이다.

"그 문제에 대해서는 제가 알아보고 결정을 내릴게요."

레이샤드는 일단 답변을 유보했다. 라인하르트의 마법 실력이 대단하다는 건 알지만 그 끝이 어느 정도인지는 그 역시도 모르고 있었다. 게다가 즉흥적으로 결정을 내린 문제에 엘리자베스가 긍정적인 반응을 보일 거라고 장담하기 어려웠다.

2

레이샤드는 점심 식사 시간을 빌어 엘리자베스를 찾았다.

다행히도 엘리자베스는 회의 중에 레이샤드와 관리들이 주고받은 모든 대화 내용을 전부 알고 있었다.

"레이, 신전 건축은 함부로 중단시킬 수 있는 게 아니에요. 그 사실, 알고 있어요?"

엘리자베스가 레이샤드에게 서운함을 보였다.

엘리자베스를 비롯해 마계의 마신들이 아베론 영지를 위해 노력하고 있는데 그들을 위한 신전 건축을 중단하겠다니. 만약 다른 사람이었다면 그 자리에서 소멸이 됐을 터였다.

하지만 아베론 영지의 사정을 감안했을 때 에이작이 내린 결정이 가장 타당하고 합리적인 것도 사실이었다.

"미안해요, 엘리자베스. 내가 그 생각을 미처 하지 못했어요. 그래도 난 5만 명의 영지민을 전부 받아들이고 싶어요. 그러니까 이번 한 번만 이해해 줘요."

레이샤드가 간절한 목소리로 청했다.

영주이기 이전에 시험의 관을 통과한 시험자로서 자신을 돕기로 한 엘리자베스에게 도움을 구했다.

"하아. 알았어요, 레이. 단 이번 한 번뿐이에요. 그리고 신전 건축 기간은 더 늘릴 수 없으니까 이주민들 중 5백 명을 추가로 신전 건축에 투입해 줘요."

엘리자베스가 조건을 달았다.

그렇지 않아도 신전의 규모에 비해 인력이 부족해 건축을 담당하는 장인들이 피로를 호소하는 상황이었다. 그런데 관리들의 반발 없이 영지민들의 일부를 신전 공사에 참여시킬 수 있는 방법이 생겼다.

비록 한 달의 시간 동안 신전 공사는 멈추겠지만 추가 인력을 투입하면 당초 2년이었던 건축 기간을 더욱 앞당길 수 있을 터였다.

"알겠어요. 그렇게 할게요."

레이샤드가 흔쾌히 고개를 끄덕였다. 그렇지 않아도 영

지민이 늘어나면 그중 일부를 신전 건축에 참여시킬 생각이었다.

대영지가 필수적으로 갖춰야 할 것 중 신전은 첫 손에 꼽히는 곳이었다.

신전이 있어야 영지민들도 자유롭게 신과 소통할 수 있으며 마음의 안녕과 평화를 찾을 수 있었다.

"그럼 장인들을 데려다 집들을 고쳐도 좋아요. 단 기간은 한 달이에요. 그 기간을 넘기면 안 되요. 알았죠?"

"물론이에요."

"그리고 라인하리트의 마법 실력이라면 그 정도쯤은 얼마든지 도와줄 수 있을 거예요. 하지만 보는 이들이 많으니까 시리우스와 그 제자들까지 힘을 보태라고 할게요. 그렇게 하면 별다른 의심을 받지 않을 거예요."

엘리자베스가 마법 사용에 대해서도 조언을 해주었다.

라인하르트의 능력이라면 보수해야 할 집이 하루에 200채가 아니라 2만 채라 하더라도 눈 하나 깜짝하지 않겠지만 그렇게 마력을 사용했다는 사실이 대륙에 알려지면 괜한 오해를 받게 될 수 있었다.

아베론 영지는 이제 막 성장해 나가려는 영지다. 그런 곳이 괜한 꼬투리라도 잡힌다면 계획했던 모든 일들에 발목이 잡힐 수도 있었다.

"고마워요, 엘리자베스."

레이샤드가 홀가분해진 얼굴로 웃었다.

엘리자베스가 허락했으니 이제 남은 건 영지민들을 받아들이는 것뿐이었다.

"고맙긴요. 나도 하루 빨리 아베론 영지가 성장했으면 좋겠어요. 그러니까 레이, 좀 더 힘을 내요."

엘리자베스가 레이샤드를 다독였다.

아베론 영지는 장차 크로노스 왕국의 재건을 위한 첫 번째 주춧돌이었다.

아베론 영지를 반석 위에 세우겠다는 걸 엘리자베스가 마다할 리 없었다.

3

"3개월이라."

레이샤드의 이주 계획은 마법 통신을 통해 라미레스 후작에게 전해졌다.

아베론 영지에서 5만의 이주민을 한꺼번에 수용할 수 없을 거라는 점은 어느 정도 예상하고 있었지만 고작 3개월 만에 이주민 전부를 데려가겠다는 계획 또한 놀랍긴 마찬가지였다.

그러나 듀크 남작은 특별히 의미를 둘 필요는 없다고 말했다.

"아마 그 이상은 후작님께 폐가 된다고 생각한 것 같습니다."

"폐가 된다?"

"한두 명도 아니고 5만의 인구를 받았습니다. 아무리 우리 영지에 필요 없는 인구라 하더라도 그 정도 인구 성장은 쉽게 이룰 수 있는 게 아니죠. 게다가 후작님께서 만에 하나 마음을 바꾸실지도 모른다고 생각할 수 있을 테니 아베론 영지가 조급해하는 게 당연합니다."

"그러니까 3개월이란 시간이 그들이 내린 최선이라 이 말이로군."

라미레스 후작이 쓴웃음을 지었다.

듀크 남작의 해석이 썩 마음에 드는 건 아니지만 그렇다고 아베론 영지에서 한 달에 1만 7천여 명의 이주민을 수용할 능력이 있다고 생각할 수도 없는 노릇이었다.

"그럼 그렇게 진행하도록 하게. 그건 그렇고 잉여 영주민들에 대한 분류 작업은 잘 진행되고 있는가?"

라미레스 후작이 화제를 돌렸다.

아베론 영지에 5만의 잉여 영지민을 보내주겠다고 말만 했을 뿐 아직까지 이주 대상자들을 선별하지 못한 상태였다.

라미레스 후작은 가급적이면 라미레스 후작령에서 안정적으로 생활하고 있는 영주민들보다 생활이 불안정하고 생활력이 떨어지는 영주민들을 아베론 영지로 보내고 싶었다. 그리고 듀크 남작 역시 라미레스 후작의 판단에 전적으로 공감하고 있었다.

라미레스 후작령에 뿌리를 내린 영지민들 중 이주 허가금을 면제해 주겠다고 하더라도 실제로 이주를 고민할 이들은 거의 없을 터였다.

반면 라미레스 후작령에서 겉도는 영지민들은 다를 것이다. 내심 라미레스 후작령을 떠나고 싶어 할 터. 그들에게 이주 허가금을 면제해 주겠다고 선심을 쓰면 군말 없이 영지를 나가려 할 것 같았다.

하지만 현실은 그들의 예상과는 너무도 달랐다.

"그게… 보고받은 바에 따르면 기존의 영지민들 중 상당수가 이주 신청을 하고 있다고 합니다."

"기존의 영지민이라니? 그들이 왜? 어째서?"

"그것까지는 확인되지 않았습니다만 아베론 영지가 기회의 땅이라는 소문이 나도는 것 같습니다."

"허! 뭐라? 아베론 영지가 뭐가 어쩌고 어째?"

라미레스 후작은 순간 헛웃음이 나왔다.

제아무리 제국의 황족이 다스리는 곳이라고 해도 그렇지

기회의 땅이라니? 생산력이라고는 눈을 씻고 찾아볼 수 없는 그런 곳에 무슨 기회가 있단 말인가?

"당장 그딴 헛소리를 퍼뜨리는 자들을 붙잡아 혀를 잘라 버리게!"

라미레스 후작이 귀를 더럽혔다며 이맛살을 찌푸렸다.

영지를 다스리는 데 있어 이런 유언비어만큼이나 위험한 건 드물었다.

"그렇지 않아도 그렇게 조치하고 있습니다."

듀크 남작이 고개를 숙였다.

그럼에도 불구하고 영지 내의 소문이 끊이지 않는다는 게 문제였지만 그런 이야기까지 라미레스 후작에게 할 수는 없었다.

4

라미레스 후작의 허락이 떨어지자 라인하르트와 시리우스는 공간 이동 포탈을 통해 라미레스 후작령으로 향했다. 그리고 그곳에 아베론 영지로 통하는 대규모 공간 이동 포탈을 만들었다.

"공간 이동 마법진이 대충 이렇게 그리던가?"

라인하르트가 손가락으로 허공에 마법진을 그렸다. 그러

자 허공에 시커먼 선들이 이어지기 시작하더니 이내 강력한 마나를 뿜어대는 공간 이동 포탈을 만들어냈다.

"스, 스승님! 대단하십니다!"

그 모습을 지켜보고 있던 시리우스가 감탄을 금치 못했다.

일반적인 공간 이동 포털은 땅을 기반으로 만들어진다.

땅 위에 수많은 마정석을 박고, 그 위에 마법진을 중첩시킨 뒤에 공간의 틈을 유지해 공간 이동 포털의 포인트로 활용하는 것이다.

반면 라인하르트가 만들어낸 공간 이동 포털은 기존의 공간 이동 포털과는 차원이 달랐다.

일단 공간 이동 포털이 생성된 곳은 땅이 아니라 하늘 위였다. 게다가 공간 이동 포털을 활성화시키는 마나가 마정석이 아닌 마계로부터 유입된 마기였다.

그렇다 보니 기존의 공간 이동 포털과는 달리 공간 이동 횟수와 인원수에 제한이 없었다. 하루에 몇 번이고 몇 명이든 공간 이동이 가능했다.

시리우스는 라인하르트가 남긴 흔적을 놓칠세라 부지런히 두 눈으로 마법진을 새겨 넣었다. 하지만 그 마법진은 인간이 다룰 수 있는 마법진이 아니었다.

"쓸데없는 짓 말고 이 마법진을 감출 만한 다른 마법진을 만들어놓거라."

라인하르트가 엄한 목소리로 말했다. 그러자 시리우스가 언제 그랬냐는 듯 공손이 허리를 굽히고는 제자들과 함께 새로운 공간 이동 포털 마법진을 그리기 시작했다.

5

레이샤드와 아베론 영지가 라미레스 후작가의 이주민을 받아들이는 문제로 정신이 없을 무렵.

"이곳이 아베론 영지인가?"

짙은 로브를 뒤집어 쓴 열두 명의 사람이 아베론 영지에 도착했다.

"어디서 오셨습니까? 혹시 마법사이십니까?"

초소를 지키던 병사가 조심스럽게 물었다.

마법사들이 주로 로브를 걸치고 다니다 보니 이들 모두를 마법사라 오해한 것이다.

그러자 그들 중 한 사람이 로브를 벗고 앞으로 나섰다.

"아닐세. 우리는 학자들일세. 가필드 님의 가르침을 받기 위해 이렇게 찾아 왔다네."

"가필드… 님이요?"

순간 병사의 머릿속으로 얼마 전에 만난 가르시아의 목

소리가 스쳐 지나갔다.

"아마 조만간에 학자들이 영지에 올 걸세. 그들에게 따로 통행증을 발급한 게 아니기 때문에 용건을 물으면 가필드를 찾아왔다고 말할걸세. 그럼 영지 안으로 들여보내게. 아, 참고로 가필드는 내 가명이니 자네만 알고 있게나."

"아, 안으로 들어가십시오."
가필드가 초소의 문을 열고 말했다.
가르시아가 어떻게 자신이 보초를 설 때 학자들이 찾아올 줄 알고 있었는지는 무척이나 궁금했지만 그렇다고 생전 처음 보는 학자들에게 그 이유를 물어볼 수는 없는 일이었다.
초소 입구를 지나치자 방문객들이 잠시 머물 수 있는 집한 채가 눈에 들어왔다.
"마차가 올 것 같으니 일단 저 안에 들어가서 쉬는 게 좋겠습니다."
그들은 하나둘씩 로브를 벗고 집 안으로 들었다.
다행히 집 안은 열두 명이 편히 쉴 만큼 넓고 안락했다.
"그런데 제뉴얼 님. 우리가 정말 옳은 선택을 한 것일까요?"
빨간 머리카락이 인상적인 사내가 은발의 사내를 바라보

며 물었다. 그러자 은발의 사내가 무표정한 얼굴로 대답했다.

"자네의 선택이 어땠는지 나는 모르네. 다만 나는 내가 할 수 있는 최선의 선택을 했다네."

너무나 무뚝뚝하고 정나미가 떨어지는 어투였지만 빨간 머리의 사내를 비롯한 다른 학자들은 하나같이 마음이 편해졌다.

다른 이도 아니고 얼음의 현자라 불리는 제뉴얼이 최선의 선택을 내렸다고 말한다. 그렇다면 적어도 자신들의 선택도 틀리지 않았을 것 같았다.

"그런데 아베론 영지에 정말로 아카데미가 세워지는 게 맞을까요?"

사내들 속에서 다소 여린 목소리가 흘러나왔다.

그의 이름은 메리. 남성들이 주를 이루는 학계에서 이례적으로 실력을 인정받은 여성 학자였다.

그러자 제뉴얼만큼이나 엄숙한 표정의 사내가 걱정할 것 없다며 대답했다.

"우리에게 가르침을 내려주신 가프론 님이시라면 거짓말은 하지 않으셨을 걸세. 그리고 이제 곧 마차가 도착할 테니 정말인지 아닌지는 두 눈으로 직접 확인하면 될 일이 아닌가."

그의 말이 끝나기가 무섭게 창밖이 소란스럽게 울렸다. 그리고 잠시 후, 병사가 문을 두드리며 안으로 들어왔다.

"마차가 준비되었습니다."

학자들이 기다렸다는 듯이 로브를 뒤집어썼다. 그리고 그들을 위해 마련된 세 대의 마차에 나눠 몸을 실었다.

다그닥. 다그닥.

열두 명의 학자를 태운 마차가 부지런히 아베론 성으로 내달렸다. 그렇게 영지의 오랜 숙원이던 아베론 아카데미가 제대로 된 틀을 갖추기 시작했다.

제56장

폭풍의 용병단과 성녀 part 1

1

"자, 자. 서두르자고!"

엘리자베스의 허락 아래 신전을 짓던 장인들이 우선적으로 주거지역 복구공사에 투입되었다.

본래 장인들의 경우 자존심이 강한 편이었다.

특히나 신전 건립은 왕궁 건립과 더불어 모든 장인들이 소원하는 일 중 하나였다. 그렇다 보니 신전 건립 중에 다른 일을 맡기면 강하게 거부하는 경우가 대부분이었다.

그러나 엘리자베스가 한 달의 시간을 약속했고 레이샤드

도 추가적으로 인력 지원을 보장하면서 장인들은 흔쾌히 버려진 집들의 보수를 시작했다. 그리고 그 성과는 놀라웠다.

"며, 몇 채라고?"

"삼백 이십 구채입니다."

"사, 삼백 이십 구채?"

첫 날 결과를 보고받은 모리스는 입이 쩍 하고 벌어졌다.

장인들의 솜씨가 일반 병사들보다 나은 건 당연한 일이었지만 그 결과를 접하고 보니 놀라움을 감출 길이 없었다.

이 정도면 자신이 예상했던 것보다 한 배 반 이상 빠른 성과였다.

예상외의 성과는 그뿐만이 아니었다.

아베론 영지가 대규모 이주민들을 받아들인다는 소문이 나돌면서 영지에 먼저 들어와 있던 폭풍의 용병단의 용병들도 보수공사에 참여하기 시작한 것이다.

"딱히 할 일도 없는데 잘 됐네. 뭐."

"어차피 누가 살아도 살 집이잖아. 어쩌면 우리 가족들이 살 집일지도 모르고. 그러니까 꼼꼼히 하자고."

아직 용병들에 대한 구체적인 활용 방법이 결정되지 않아 대부분의 용병들이 영지 구경을 하던 차였다. 그런데 소일거리가 생겼으니 누구 하나 망설이지 않고 보수 작업에 나섰다.

덕분에 둘째 날부터는 보수된 집의 숫자가 500채를 넘어서기 시작했다. 그리고 약속된 한 달이 되었을 때 거의 2만여 채에 달하는 집의 보수가 끝이 났다.

"다들 수고했어요. 이 정도면 이주민들도 불편하지 않을 거예요."

수리된 집들을 직접 둘러본 레이샤드가 만족감을 보였다.

마기로 인해 부식되고 세월에 의해 닳은 집들이 거의 새로 만든 집처럼 멀끔하게 변해 있었다.

"저희는 그저 집을 깨끗이 청소한 것밖에 없습니다. 정말 고생한 건 마법사님들이십니다. 그분들이 아니었다면 아마 이만큼 해내지 못했을 겁니다."

장인을 대표해 신전 건축을 진두지휘하는 레이먼드가 겸손히 답했다.

그의 말처럼 금이 가고 부서지기 시작한 집들을 보수가 가능하도록 만든 건 마법사들의 마나였다.

특히나 시리우스가 고생이 많았다.

라인하르트가 인간 흉내를 내며 적당히 마나를 조절하는 것과는 달리 시리우스는 자신에게 할당된 수많은 집의 보수를 위해 매일같이 마나를 소진시켜야만 했다.

"스, 스승님. 정말 죽을 것 같습니다."

보수공사에 참여한 지 열흘째가 되자 시리우스는 두 다리로 서 있기조차 힘든 상태가 되었다.

그러나 보는 눈들이 많은 이상 시리우스는 필수적으로 라인하르트의 옆에서 함께 마법을 발휘할 필요가 있었다.

"쯧쯧. 고작 그런 실력으로 무슨 마탑을 세우겠다는 거냐."

라인하르트가 한심스럽다며 혀를 찼다. 그렇다고 평생에 거의 없었던 마나 고갈을 연이어 겪고 있는 시리우스를 이 대로 외면할 수도 없는 노릇이었다.

"마음 같아서는 네 녀석을 뼛속부터 전부 바꿔 버리고 싶다만 그럴 수는 없으니까 일단 이걸 익혀봐라. 그럼 마나를 회복하는 데 도움이 될 것이다."

라인하르트는 손수 만든 마법 하나를 시리우스에게 주었다.

그 속에는 익히 알려진 마나 회복법보다 몇 배는 빠른 마나 회복법이 들어 있었다.

"가, 감사합니다!"

시리우스는 그 자리에서 라인하르트의 마나 회복법을 익혔다.

순간 엄청난 양의 어둠의 마나가 시리우스의 몸속으로

빨려 들어갔다. 그 양이 어찌나 많던지 평생을 마법에 헌신해 왔던 시리우스가 감당하지 못하고 허우적댈 정도였다.

"하아, 이런 한심스러운 녀석을 봤나."

그 모습을 보다 못한 라인하르트가 슬쩍 마나를 일으켜 시리우스를 도왔다.

그 순간.

쾅! 쾅! 콰앙!

요란한 폭발음이 시리우스의 온몸을 울리더니 벽에 가로막혀 있던 8레벨의 완성을 이루는 데 성공해 버렸다.

얼마 전 상급의 경지를 어렵게 이루었는데 단 한 번에 고급의 단계를 뛰어 넘어 완성의 단계에 이른 것이다.

그러나 하나뿐인 인간 제자의 성취에도 라인하르트는 별다른 감흥이 없었다.

라인하르트가 시리우스를 자청하며 빛의 마탑 장로에게 말했던 경지를 진짜 시리우스가 이제야 도달한 것뿐이었다.

하지만 시리우스에게 8레벨의 완성은 꿈 같은 일이나 마찬가지였다.

8레벨 완성의 마법 경지는 그렇지 않았던 시절과는 차원이 달랐다.

바로 어제만 해도 스무 채의 집을 보수하면 몇 시간을 쉬어야 했는데 8레벨을 완성한 이후로는 백 채를 보수해도 마나가 고갈되지 않았다.

마치 하룻밤 사이에 사용할 수 있는 마나의 양이 5배 이상으로 늘어버린 것 같았다.

경지가 오르면서 마나의 질이 함께 높아진 걸 감안하더라도 예전에 비해 3배 이상 마나 활용량이 늘어난 게 틀림없었다.

"스, 스승님!"

시리우스가 감격에 젖은 얼굴로 라인하르트를 바라봤다.

라인하르트를 섬긴 지 오래되지 않았기 때문에 특별히 라인하르트에게 바라는 게 많지 않았다.

언제고 자신에게 도움이 될 마법을 가르쳐 주면 고맙겠지만 설사 그렇지 않다 하더라도 라인하르트를 원망할 마음은 추호도 없었다.

그런데 라인하르트의 덕분에 순식간에 8레벨의 완성 단계에 이르렀다.

아직 8레벨 각성의 단계가 남아 있었지만 그건 어디까지나 깨달음의 문제였다. 그리고 8레벨 각성에 들어설 수 있다면 인간들에게는 허락하지 않는다던 9레벨에 입문하는 것도 불가능한 일이 아니었다.

아니, 평생 8레벨 각성의 단계에 이르지 못한다 하더라도 상관없었다. 지금의 실력만 갈고 닦는다면 적어도 대륙에서는 마법으로 적수가 없을 것 같았다.

그런 시리우스의 속마음을 읽은 것일까.

"눈곱만큼 성장하면서 마나의 질과 양이 늘어난 것이지 네 녀석이 정말 대단해진 건 아니다. 그러니 자만하지 말고 더욱 노력해라."

라인하르트가 평생을 새기고 또 새길 충고를 건넸다.

"명심하겠습니다, 스승님!"

시리우스가 라인하르트에게 머리를 조아렸다. 그러고는 스승의 기대에 부응하기라도 하듯 더욱 열심히 주거지 보수에 마력을 쏟아부었다.

덕분에 라인하르트는 점점 할당량이 줄어들었다.

마음 같아서는 너무 무리하지 말라고 말리고 싶었지만 시리우스의 지나친 열정 때문에 마지막 날에 이르러서는 고작 백여 채를 담당하는 데 그쳤다.

그 결과 장인들의 입에 고생한 마법사로 오르내리는 건 라인하르트가 아니라 시리우스가 되어버렸다.

"소, 송구합니다. 스승님."

시리우스가 무안한 표정을 지었다.

그저 라인하르트를 대신해 고생한 것뿐인데 스승의 공을 빼앗은 것 같은 기분이 들었다.

그러나 고작 그 정도로는 라인하르트의 불편한 심기를 달래기 어려웠다.

"그 정도로는 아직 멀었다. 오늘부터는 마법 보호막 바깥에 있는 주거지도 보수를 해놓아라."

"마, 마법 보호막 밖이요?"

"그래. 아베론 영지가 또 언제 이주민들을 받아들일지 모르는데 미리미리 고쳐 놓아야 할 게 아니냐?"

라인하르트의 지시에 시리우스는 어쩔 수 없이 고개를 끄덕거렸다. 그리고 장인들이 신전 건축 현장으로 되돌아간 후에도 시리우스는 마법 경계선을 넘나들며 망가진 집들을 고쳐 나갔다.

2

주거지 보수가 생각 이상으로 빠르게 진행되면서 영지민들의 유입 속도도 빨라졌다.

"어서 오세요. 아베론 영지에 오신 걸 환영합니다!"

아베론 영지의 공간 이동 포탈을 담당한 레이나는 목이 반쯤 쉬어 있었다.

끊임없이 밀려드는 이주민들에게 밝은 얼굴과 명랑한 목소리로 인사를 해야 했기 때문이다.

하지만 그녀에게는 쉴 틈이 허락되지 않았다. 잠깐 허리를 굽혔다 펴면 언제 그랬냐는 듯 마법진의 마나가 요란스럽게 울어대기 시작했다.

"어서 오세요. 아베론 영지에 오신 걸 환영합니다!"

레이나가 냉큼 표정을 고치며 인사했다. 그러자 이주민 속에 포함되어 있던 어린 소녀가 레이나를 향해 반갑게 손을 흔들었다.

"마법사님, 저희는 이제 어디로 가야 합니까?"

가장으로 보이는 사내가 레이나에게 조심스럽게 물었다.

레이나는 겉보기에 채 스물도 되지 않아 보였지만 마법진을 담당하고 있었다. 그렇다는 건 수준 높은 마법사란 이야기. 자연스럽게 사내의 태도가 깍듯해질 수밖에 없었다.

레이나는 자신을 공경하는 이주민들의 태도가 너무나도 마음에 들었다. 그래서 힘이 들어도 영지민들을 맞이하는 이 임무를 포기할 수 없었다.

"저쪽으로 가시면 병사가 있을 거예요. 그에게 이주증을 보여주면 아돌프 님께 안내해 줄 거예요."

레이나가 마지막까지 친절과 미소를 잊지 않았다.

덕분에 이주민들은 어렵지 않게 아돌프의 앞까지 이르렀다.

"어서 오십시오. 아베론 영지의 총관인 아돌프입니다."

본래 새로운 영지민의 신분을 확인하는 건 행정 담당인 모비드의 몫이었다.

모비드가 갑작스러운 일로 바쁠 경우에는 재정 담당인 조르만이 대신해 왔다.

하지만 주거지 분배 문제로 모비드가 눈코 뜰 새 없이 바쁘고 조르만도 이주민들의 생필품을 챙기면서 자연스럽게 아돌프가 영지민 관리를 대신하게 됐다.

덕분에 아베론 영지의 일 처리는 저만치 뒤로 밀릴 수밖에 없었지만 오히려 아돌프는 평소와는 다른 즐거움에 빠져 있었다.

한 가구, 또 한 가구.

매일같이 늘어나는 인구만 수백 명에 달했다.

아베론 영지에 온 이후로 이토록 많은 사람이 북적거리는 건 단 한 번도 보지 못했다. 그런데 이들이 장차 자신이 관리할 아베론 영지의 영지민이 된다고 한다.

'하르베스 님. 당신의 아들이 당신도 이루지 못한 큰일을 해냈습니다.'

새로운 이주민의 이주 허가증을 확인할 때마다 아돌프는 마음 한 구석이 울컥했다.

만약 하르베스 폐황태자가 살아서 이 모습을 보았다면 얼마나 좋았을까. 마치 이 모든 게 죽은 하르베스 폐황태자의 보살핌인 것 같아 눈시울이 뜨거워졌다.

그러나 평소 아돌프를 대해 온 이들은 그가 이토록 감수성이 풍부할 것이라고는 조금도 예상하지 못했다. 그래서일까.

"아돌프 님, 조금 쉬시는 게 좋겠습니다."

"음? 왜 그러는가."

"눈가가 붉게 충혈되셨습니다. 너무 무리하신 것 같습니다."

"이건 그런 게 아니라……. 크흠, 어쨌든 나는 괜찮네."

아돌프가 눈시울을 부비며 말했다.

자신도 모르게 병사들에게 부끄러운 모습을 보인 것 같았다.

하지만 새로운 이주민이 이주 허가증을 들고 나타나자 아돌프의 눈가는 다시 촉촉이 젖어들 수밖에 없었다.

"아돌프 님께서 너무 무리하시는 것 같은데?"

"그러게 말이야. 저러다 쓰러지시는 거 아닌가 모르겠어."

아돌프의 속도 모른 채 병사들이 아돌프를 걱정했다.

덕분에 아돌프는 틈틈이 손수건으로 눈가를 닦아야만 했다.

본래 아돌프가 아베론 아카데미의 교수로 원했던 인원은 5명이었다.

당장에 수업을 들을 인원이 레이첼을 비롯한 관리들의 자제들이 전부이기 때문에 불필요하게 많은 학자를 채용할 이유가 없었다.

하지만 가르시아는 아돌프보다 조금 더 넓은 시각으로 바라봤다. 그리고 대륙에 존재하는 열두 학파에서 인재라 여겨지는 이들을 한 명씩 불러들이는 데 성공했다.

그렇게 아베론 영지로 입성한 학자는 총 열두 명. 그중 남자는 여덟 명이었다. 그리고 여자가 네 명이나 있었다.

"여자 학자가 4명이나… 있군요."

처음 그 이야기를 들었을 때 아돌프는 기대보다는 우려감을 표했다.

대륙 학회에서는 천대받는 여자 학자를 아베론 아카데미에서 채용했다는 사실로 아베론 영지가 웃음거리가 될까봐 걱정이 됐던 것이다.

"너무 걱정하지 마십시오. 그리고 실력은 하나같이 뛰어난 이들입니다."

가르시아는 정 걱정이 되면 아돌프에게 직접 시험을 해

보라고 말했다.

아돌프가 마음에 들어 하지 않는다면 굳이 무리해서 채용을 할 생각이 없다며 말이다.

아돌프도 그런 가르시아의 제안을 마다하지 않았다.

열두 명이나 되는 학자가 아베론 영지를 방문해 준 건 진심으로 고마운 일이었지만 그렇다고 필요 이상의 학자들을 고용할 마음은 없었다. 그건 아베론 영지나 학자 모두에게 불필요한 일이었다.

영지민을 관리하느라 빠듯한 시간을 쪼개며 아돌프는 열두 명의 학자를 차례대로 만나보았다.

일단은 남자 학자들을 먼저 만나고 그 다음에 여자 학자들 순서대로 집무실로 초대를 했다.

그렇게 열두 명의 학자들을 시험한 결과는 기대 이상이었다.

얼음의 현자라 불리는 제뉴얼이나 침묵의 성인으로 인정받는 노베르야 감히 아돌프가 평가를 할 만한 상대는 아니었다.

그러나 걱정스러웠던 4명의 여자 학자의 수준이 기대 이상으로 높았다.

그들과의 대화 속에서 적잖은 깨달음을 얻을 정도였다.

그중에서도 아돌프는 페브린과 대화가 잘 통했다.

특히나 그녀가 전공한 소행정학(영지 단위의 행정학)은 대행정학(국가 단위의 행정학)에 익숙한 아돌프에게 좋은 공부가 되었다.

"그러니까 이 부분은 국가 행정과 영지 행정에 차이가 있다는 말씀이군요?"

"네. 그렇게 생각해요. 국가라는 큰 단위에서 봤을 때와 영지라는 기본적인 단위에서 본다면 확실히 상황이 달라지니까요."

본래 열두 학자들의 시험을 위해 만난 자리였지만 학자들과 대화를 나누면 나눌수록 아돌프는 아베론 영지의 총관이 되면서 거의 포기하다시피 했던 학문에 대한 열의만 높아져 갔다.

그러고는 결국 열두 명의 학자 전원을 아베론 아카데미에 채용해야 한다는 보고서를 레이샤드에게 제출하기에 이르렀다.

"아돌프의 판단이 그렇다면 그렇게 하세요."

레이샤드는 흔쾌히 아돌프의 채용 요구를 받아들였다.

가르시아는 아베론 영지의 미래를 위해 꼭 필요한 인재들만 불러 온 것이라고 말했다. 그래서 설사 아돌프가 열두 명 중 한두 명을 거절했더라도 어떻게든 아돌프를 설득해 전원을 채용할 생각이었다.

그런데 아베론 영지의 관리들 중 가장 학식이 뛰어난 아돌프가 열두 명의 학자 전원을 극찬해 주니 레이샤드도 괜히 기분이 좋아졌다.

특히나 미혼인 아돌프가 페브린과 자주 대화의 시간을 갖는다는 소식이 반가웠다.

그렇지 않아도 아돌프가 결혼하지 않고 홀로 사는 게 계속 마음에 걸리던 차였는데 대화가 통하는 상대를 만났으니 왠지 좋은 결과가 있을 것 같았다.

하지만 정작 아돌프를 비롯한 아베론 영지의 관리들이 걱정하는 건 성년이 지난 레이샤드의 혼사 문제였다.

레이샤드의 옆에 아름다운 엘리자베스가 있으니 섣불리 말을 꺼내지 못할 뿐이지 기회만 되면 모여서 레이샤드의 혼사 문제를 입에 올렸다.

처음에는 관리들 대부분이 로델 백작가 쪽으로 마음이 기울었다.

하르베스 폐황태자 시절부터 각별했던 로델 백작가라면 아베론 영지가 지금보다 더 어려워지더라도 외면하지 않을 것이라는 판단에서였다.

그러나 아베론 영지가 급격히 성장하면서 관리들의 눈높이도 높아졌다.

"영주님이 제국의 황족인데 아무와 결혼하실 수는 없지요."

"암요. 옳으신 말씀입니다. 아베론 영지가 이대로만 성장해 준다면 곧 로델 백작령보다 커질 텐데 로델 백작가와 혼사를 추진하는 건 아무리 생각해도 아닌 것 같습니다."

레이샤드가 계획했던 3개월이 지나지 않아 아베론 영지의 인구는 5만 5천명으로 늘어났다. 거기에 아직 폭풍의 용병단의 가족들이 영지에 도착하지 않은 상태였다.

만약 폭풍의 용병단 전원이 아베론 영지에 들어온다면 아베론 영지의 인구수는 8만 5천을 넘어서게 된다.

제국 학회에서 발표한 자료에 따르면 대륙 자작령의 평균 인구수는 5만 명. 백작령의 경우 20만 명이라고 한다.

폭풍의 용병단을 포함했을 때 아베론 영지의 최대 인구는 8만 5천 명.

자작령보다는 훨씬 많지만 백작령에는 미치지 못하는 수준이었다.

그러나 대륙의 백작령을 주변 왕국의 백작령으로 바꾸면 이야기는 달라진다.

로델 백작령과 포인트 백작령, 그리고 백터 백작령의 인구수는 대략 13만 정도였다.

이 세 영지의 인구수가 특별히 적은 게 아니라 제국에 속한 백작령들의 인구수가 지나치게 많아서 대륙 백작령의 평균 인구수가 상승한 것이다.

그렇게 놓고 보자면 8만 5천의 아베론 영지와 13만 수준의 로델 백작령은 큰 차이가 나지 않았다.

대륙 북부에 위치한, 지도에도 나와 있지 않던 옹색한 아베론 영지가 어느새 주변 왕국의 백작령과 비견될 수준으로까지 커진 것이다.

물론 한 영지의 규모를 단순히 인구수만으로 평가하기란 무리가 있었다.

기반 시설은 물론이고 생산력까지 모든 걸 전부 따져봐야 했다.

기반 시설에 있어서 아베론 영지는 로델 백작령을 따라갈 수가 없었다.

비록 과거에 만들어 놓은 시설들이 존재한다지만 지금은 거의 방치된 상태인 아베론 영지와 오랫동안 터전을 닦으며 성장해 온 로델 백작령의 차이는 클 수밖에 없었다.

하지만 생산력의 문제라면 또 이야기가 달라진다.

현재 아베론 영지는 포션을 통한 판매 수익도 어마어마한 데다가 흑철광까지 채광하고 있는 상황이었다.

만약 이대로 생산력이 유지된다면 조만간 로델 백작령은 물론이고 그동안 아베론 영지를 도와줬던 세 영지의 생산력을 더해도 아베론 영지를 따라오기 어려울 터였다.

"아베론 영지의 미래를 위해서라도 영주님이 조금 더 좋은 가문과 인연을 맺었으면 좋겠습니다."

"제 생각도 같습니다. 영주님도… 이제는 좋은 분을 만나 행복한 가정을 꾸리셔야지요.."

관리들은 레이샤드가 격에 맞는 반려자를 만나는 것이야 말로 진정한 행복이라고 말했다. 그러나 레이샤드는 관리들이 원하는 정략결혼을 하고 싶은 마음이 없었다.

"레이, 관리들이 너의 혼사 문제를 걱정하더구나. 네 생각은 어떠니? 나는 엘리자베스, 그 아이가 마음에 든다만."

관리들의 부탁을 받은 헬레나가 레이샤드를 불러 말했다. 그러면서 그녀는 은연중에 레이샤드가 엘리자베스와 짝을 맺길 바랐다.

아돌프에게 듣기로 엘리자베스는 프라임 백작가의 여식이라고 한다.

비록 정부인의 자식은 아니었지만 프라임 백작가가 멸문당한 지금 그것은 큰 문제가 아니었다. 오히려 엘리자베스의 가문이 대단한 가문이 아니라 다행이라는 생각마저 들었다.

엘리자베스는 레이샤드의 짝으로 부족함이 없었다.

솔직히 말하자면 그녀가 레이샤드의 옆에 머물러 주는 게 고마울 정도였다.

몇 번 만나서 가볍게 대화를 나눈 게 전부였지만 그때마다 엘리자베스는 예의와 기품을 잃지 않았다. 무엇보다 여자인 자신이 보더라도 너무나 아름다웠다.

여자에게 있어 아름다움이란 큰 장점이자 무기였다. 무엇보다 남편의 사랑을 평생 유지할 수 있는 비결이기도 했다.

이 세상에 엘리자베스처럼 아름다운 여자를 마다할 남자는 없을 터였다.

레이샤드도 엘리자베스가 싫지 않았다. 아니, 솔직히 엘리자베스가 자신의 곁에 평생 머물러 준다면 고마울 것 같았다.

그러나 엘리자베스는 레이샤드에게 자신을 시험의 궁에서 나온 존재라고 소개했다.

시험의 궁이 어떤 곳인지 정확하게는 몰라도 레이샤드는 엘리자베스가 어쩌면 인간이 아닐지도 모른다는 생각을 했다.

엘리자베스가 대륙에서 사라져 버린 드래곤이라면? 혹은 그녀가 천족이거나 마족이라면?

어느 쪽이더라도 레이샤드가 감히 결혼할 수 있는 상대는 아니었다. 물론 전설 속 영웅들은 신족이나 드래곤들과 결혼을 했다고 하지만 그건 어디까지나 전설 속의 이야기에 불과했다.

신족이나 드래곤들처럼 인간을 초월한 존재들과 동등한 존재와 평생을 함께 한다는 건 불가능에 가까운 일이었다.

"조금 더 생각해 볼게요."

레이샤드는 대답을 미뤘다.

엘리자베스가 자신을 어디까지 도와줄지는 모르겠지만 그녀와도 이 문제를 논의해야 할 것 같았다.

"미안해요, 레이. 레이도 어느 정도 짐작은 하고 있겠지만 나는 때가 되면 내가 살던 곳으로 돌아가야 해요."

헬레나를 만나고 돌아온 레이샤드에게 엘리자베스가 미안한 얼굴로 말했다.

엘리자베스도 레이샤드를 시험자 이상으로 대하고 좋아했지만 마계의 황녀인 그녀가 인간과 결혼을 할 수는 없었다.

레이샤드가 마계의 황녀인 엘리자베스와 결혼을 하기 위해서는 레이샤드 역시 마계의 일원이 되어야 했다.

인간임을 포기하고 마계에서 마족으로 살아간다는 건 결코 쉽지 않은 일이었다. 게다가 엘리자베스는 레이샤드를 크로노스 왕국 재건의 적임자로 생각하고 있었다. 그런 레이샤드를 이제 와 마계로 데려갈 수는 없는 노릇이었다.

"나는 괜찮아요. 그런데 관리들이 내가 빨리 결혼하기를 바라는 모양이에요."

레이샤드가 나직이 한숨을 내쉬었다.

아직까지 결혼에 대한 생각이 전혀 없었던 레이샤드에게 갑작스러운 관리들의 독촉은 부담스럽기만 했다.

그러자 잠시 고심하던 엘리자베스가 나직한 목소리로 말했다.

"레이, 레이에게는 정혼자가 있어요. 그 사실을 알고 있어요?"

"정혼자요? 내게요?"

레이샤드가 눈을 똥그랗게 떴다. 다른 사람도 아니고 엘리자베스에게서 정혼자에 대한 이야기를 듣게 될 줄은 몰랐다는 표정이었다.

이름난 귀족들의 경우 대게 어린 시절에 마음에 맞는 귀족가의 상대와 정혼을 하는 경우가 많았다. 그래서 어렸을 적 레이샤드도 하르베스 폐황태자에게 자신에게도 정혼자가 있는지 물어보았다.

그러나 하르베스 폐황태자는 굳은 얼굴로 정혼자가 없다고 대답해 주었다. 그래서 레이샤드는 자신에게 특별히 정해진 정혼자가 없다고 여기고 있었다.

그런데 정혼자라니? 궁금함을 대변하듯 레이샤드의 심장이 콩닥콩닥 뛰기 시작했다.

"레이는 프라임 백작가에 대해 알고 있어요?"

"프라임 백작가요?"

"그래요. 돌아가신 하르베스 황태자께서 정혼을 약속한 가문의 이름이에요."

엘리자베스가 레이샤드에게 프라임 백작가에 대해 일러 주었다.

그리고 이야기가 끝이 날 때쯤 기대감으로 가득했던 레이샤드의 표정은 어느새 안타까움으로 변해 있었다.

제57장

폭풍의 용병단과 성녀 part 2

1

프라임 백작은 다른 사람도 아닌 아버지 하르베스 폐황태자의 오랜 친구라고 한다. 그래서 레이샤드가 태어났을 때 하르베스 폐황태자와 프라임 백작이 기다렸다는 듯이 정혼을 약속했다고 한다.

레이샤드는 가급적이면 하르베스 폐황태자의 약속을 지키고 싶었다. 그만큼 아버지를 믿었고 아버지의 안목을 믿었다.

하지만 애석하게도 프라임 백작가는 하르베스 폐황태자

와 함께 반역으로 몰려 멸문을 당한 상태였다.

"그럼 프라임 백작가는 이제 존재하지 않는 거예요?"

"공식적으로는 그래요. 제국에서 프라임 백작가를 복권시켜 주긴 했지만 프라임 백작 가문이 있던 영지는 이미 다른 영주의 땅으로 변해 버렸으니까요. 하지만 실망하지 말아요. 프라임 백작의 막내딸은 아직 살아 있으니까요."

"막내딸이요?"

레이샤드의 눈이 다시 똥그래졌다.

막내딸이 어디에 살고 어떻게 생겼는지는 특별히 중요하지 않았다. 그보다는 하르베스 폐황태자의 가장 친한 친구였다는 프라임 백작가의 후예를 꼭 만나보고 싶었다.

하지만 엘리자베스는 아직 프라임 백작의 막내딸인 스칼렛을 레이샤드 앞에 데려다놓을 생각이 없었다. 훗날 레이샤드가 결혼을 하게 될 때가 온다면 자신을 대신해 레이샤드의 옆에 머물게 할 계획이었지만 그것이 지금 당장은 아니었다.

게다가 스칼렛은 아직 아무런 준비조차 되어 있지 않았다.

지금 억지로 레이샤드를 만나게 한다면 레이샤드는 물론이고 헬레나와 관리들이 실망할 게 뻔했다. 적어도 스칼렛이 아베론 영지의 안주인이 될 자격을 갖춘 뒤에야 레이샤드에게 보여줄 수 있을 것 같았다.

"레이, 그녀를 보고 싶어 하는 마음은 알겠지만 시간이
좀 필요해요."

"시간이요? 얼마나요?"

"1년. 그 안에 그녀를 만나게 해줄게요."

엘리자베스가 1년이란 시간을 요구했다. 아직 레이샤드
의 나이가 어리니 결혼이 1년 정도 늦는다 하더라도 큰 무
리는 없을 것 같았다.

"1년이란 말이죠?"

레이샤드가 고개를 끄덕거렸다.

다른 사람도 아니고 엘리자베스가 1년을 말했다면 그만
한 이유가 있을 것이다.

엘리자베스의 말을 믿고 기다리다 보면 1년이 지나기 전
에 스칼렛을 만나게 될 것이다.

그 생각만으로도 레이샤드는 심장 한편이 찌릿하게 저려
오는 것 같았다.

그런 레이샤드를 바라보며 엘리자베스는 서운함을 감추
지 못했다.

레이샤드가 평생 결혼하지 않고 자신만 바라봐 줬으면
좋으련만……. 하지만 그럴 수 없는 현실이 그녀를 더욱 서
글프게 만들었다.

그러나 엘리자베스는 자신의 감정을 겉으로 드러내지 않았다.

시험의 궁에서 선택을 받은 자는 자신을 선택한 시험자의 인생을 통해 대리만족을 하는 법이다.

레이샤드가 스칼렛을 만나 행복해진다면 그것 또한 엘리자베스의 행복이 되는 셈이다.

"후우……."

엘리자베스가 길게 숨을 골랐다. 어차피 자신은 레이샤드의 곁에 평생 머무를 수가 없다.

그렇다면… 이제부터 조금씩 불필요한 감정을 정리하는 게 옳을 것 같았다.

2

라미레스 후작가에서 넘어 온 5만 명의 이주민이 막 자리를 잡아 갈 무렵.

남부 초소를 통해 어마어마한 수의 사람이 아베론 성으로 몰려들었다.

"폭풍의 용병단이다!"

"폭풍의 용병단이 왔다!"

선두에 선 사내들이 들고 있는 깃발을 알아 본 영지민들이 크게 소리쳤다.

그들의 말처럼 레이샤드의 초대를 받은 폭풍의 용병단과 그들의 가족 전원이 긴 여정 끝에 아베론 영지에 도착한 것이다.

"늦었지만 정말 다들 와 주었네요."

소식을 듣고 달려온 레이샤드가 성벽 위에서 길게 늘어진 행렬을 바라봤다.

폭풍의 용병단이 아베론 영지를 향해 출발한다는 소식을 들은 게 4개월 전의 일이었다. 그러나 그들은 라미레스 후작령의 이주민들보다도 늦게 아베론 영지에 모습을 드러냈다.

"듣기로는 프리아 영지를 떠나는 문제로 적잖은 마찰이 있었다고 합니다."

아돌프가 그럴 만한 사정이 있었다며 폭풍의 용병단을 두둔했다.

라미레스 후작가의 이주민들과는 달리 폭풍의 용병단은 자유 영지 프리아에 머무르고 있었다. 그곳은 자유민이라면 누구라도 들어가 살 수 있는 곳이었다. 그래서 프리아에 들어가는 것도, 떠나는 것도 언제든 가능했다.

하지만 실제로 프리아를 떠나 다른 영지로 옮겨가는 건 쉬운 일이 아니었다.

프리아도 기본적인 인구 수를 유지해야 자유 영지로서의 경쟁력을 갖출 수 있었다. 그래서 영지를 떠나겠다는 이들이 생기면 처음에는 좋은 조건으로 회유하고, 그래도 안 되면 일방적인 횡포를 부리는 경우가 많았다.

처음 폭풍의 용병단이 아베론 영지로 이주를 결정하고 떠날 채비를 서두르자 프리아의 관리들은 하루가 멀다 하고 폭풍의 용병단의 거주지를 찾아왔다. 그리고 세금을 감면해 주겠다며 폭풍의 용병단과 그들의 가족을 회유하려 했다.

만약 폭풍의 용병단이 성녀 셰이나를 섬기고 그녀의 뜻을 따르지 않았다면 아마 적잖은 이탈자가 발생했을지도 몰랐다. 그러나 다행히도 폭풍의 용병단과 그들의 가족들 중 누구도 마음을 바꾸지 않았다. 그러자 프리아의 관리들은 이주 허가서를 하루에 100명씩에게만 허락하겠다며 고의적으로 폭풍의 용병단의 이주를 방해했다.

결국 참다못한 라시아이언이 용병들을 대동하고 프리아의 관리청으로 쳐들어가고서야 이주 문제가 해결되었다.

그렇게 이주 허가서를 전원 발급받은 후에야 부랴부랴 마법진을 설치하고 아베론 영지로 넘어올 수 있었던 것이다.

"그런 일이 있었군요."

레이샤드가 몰랐다며 고개를 끄덕거렸다.

만약 폭풍의 용병단에게 그런 문제가 있는 줄 알았다면 엘리자베스에게 도움을 청해서라도 도와주려고 했을 것이다.

"그래도 이제라도 와서 다행이네요."

레이샤드가 한결 너그러워진 얼굴로 말했다.

폭풍의 용병단의 이주가 예상 밖으로 늦어지면서 그들에게 우선 배정되었던 거주지들은 라미레스 후작령의 이주민들의 몫이 되어버렸다. 대신 이주민들은 폭풍의 용병단을 위해 새로운 거주지를 손질했다.

본래 예정된 거주지보다 다소 북쪽에 있긴 했지만 근처에 군사 시설들이 마련되어 있기 때문에 용병단이 머물기에는 환경이 더 좋았다.

"폭풍의 용병단이 영주님의 세세한 배려를 느낀다면 아마 크게 감동할 겁니다."

아돌프가 가볍게 웃으며 대답했다. 버림받은 영지인 줄로만 알았던 아베론 영지에 이렇게 많은 준비가 되어 있다는 사실을 안다면 폭풍의 용병단과 그들의 가족들도 충분히 만족스러워 할 것이라 자신했다.

그때였다.

"여, 영주님!"

행정 담당 모비드가 다급히 성벽 쪽으로 뛰어 올라왔다.

"무슨 일이에요?"

레이샤드가 놀란 눈으로 물었다. 평소 운동이라고는 거의 안 하던 모비드가 가파른 성벽 계단을 오르는 모습을 보니 뭔가 큰 문제가 생긴 것 같았다.

그러자 모비드가 가쁜 숨을 몰아쉬며 대답했다.

"크, 큰일 났습니다."

"큰일이라니요?"

"조금 전 초소에서 연락이 왔는데 들어온 인구수가 3만을 넘는다고 합니다."

"그게 무슨 소리에요?"

레이샤드의 눈이 덩달아 똥그랗게 변했다.

그가 알기로 폭풍의 용병단의 규모는 용병들과 그들의 가족들을 더해 대략 3만 명 수준이었다. 그리고 용병들 중천 명은 먼저 아베론 영지에 들어와 영지의 치안과 군사 시설 개보수, 그리고 농경지 확보 작업에 투입된 상태였다.

그렇다면 이번에 들어오는 폭풍의 용병단의 수는 3만을 넘지 않아야 옳았다.

그런데 3만을 넘는다니. 레이샤드는 어떻게 된 영문인지 이해가 가지 않았다.

"아마 새로 아이들이 태어난 것 같습니다."

아돌프가 별일 아닐 거라며 레이샤드를 달랬다.

폭풍의 용병단이 거주지를 떠나 있는 경우가 많다 보니 새로 아이들이 태어난 경우까지 계산하지 못했을 가능성도 없지 않았다.

그러나 고작 그런 문제였다면 모비드가 힘들게 성벽으로 올라오지도 않았을 것이다.

"아닙니다, 아돌프 님. 저 역시 그럴지도 모른다고 생각해서 초소에 다시 물어보니 어린 아이들은 제대로 세지도 못했다고 합니다."

"그, 그럼 중간에 인구가 불어나기라도 했다는 겁니까?"

"그것까진 자세히 모르겠지만 용병들과 가족들 사이에 병약한 사람들이 자주 눈에 띄었다고 합니다."

"허……!"

순간 아돌프의 입에서 헛웃음이 터져 나왔다. 평범한 영지민들도 아니고 폭풍의 용병단처럼 이름 높은 용병단이 단체로 이주를 하니까 주변 영지의 유랑민들이 슬그머니 끼어든 모양이었다.

"그러니까 유랑민들이라는 말이군요."

레이샤드가 이제야 상황이 이해가 간다며 고개를 끄덕거렸다.

대륙에 살고 있는 모든 대륙민들이 영지에 속한 것은 아니었다.

　그중에는 자유민들도 있었지만 유랑민들처럼 대륙 어디에도 머무르지 못하는 이들도 적지 않았다.

　"모비드 님. 힘들겠지만 이주 허가서가 없는 유랑민들이 영지로 들어오는 건 막아 주십시오."

　아돌프가 성난 목소리로 말했다.

　유랑민들의 처지가 딱한 건 사실이지만 그렇다고 그들을 무조건 받아줄 수는 없는 노릇이었다.

　"저 역시 같은 생각입니다만 영주님께서는 어찌 생각하시는지요?"

　모비드가 슬쩍 레이샤드를 바라봤다.

　다른 일 같았다면 아돌프의 지시만 받고 곧바로 실행에 옮겼을 것이다. 하지만 폭풍의 용병단과 계약을 한 건 다름 아닌 레이샤드였다.

　어쩌면 유랑민을 내쫓는 과정에서 폭풍의 용병단과 마찰이 생길지도 모를 일이었다.

　본래 용병들은 반쯤 기사도 정신을 따르고 있었다. 그리고 약자를 돕는 걸 당연히 해야 할 일이라고 여겼다.

　유랑민들이 폭풍의 용병단에 합류하는 과정에서 아마 용병들과 상당히 가까워졌을 것이다.

　그들을 모질게 내쫓는다면 폭풍의 용병단도 반감이 생길

수밖에 없었다.

"아돌프 경. 그렇게까지 해야만 하나요?"

레이샤드가 아돌프에게 물었다.

살 곳을 구하지 못해 대륙을 떠돌아다니는 유랑민들을 불쌍히 여긴다면 영지에 살 곳을 내 줘도 상관없을 것 같았다.

그러자 아돌프가 단호한 목소리로 대답했다.

"영주님. 유랑민들을 불쌍히 여기시는 영주님의 마음을 모르는 바는 아니지만 그들을 함부로 받아들여서는 결코 안 됩니다."

"어째서 그렇죠?"

"영주님께서는 어째서 그들이 유랑민이 되었다고 생각하십니까? 유랑민들 중 상당수는 본래 살고 있던 영지에 큰 잘못을 저질러 쫓겨나거나 도망친 자들입니다. 그중에는 사람을 죽였거나 부녀자를 겁탈한 자들도 있을 겁니다. 그런데 그들이 아베론 영지에 들어온다면 다른 영지민들이 얼마나 불안해하겠습니까."

아돌프가 부정적인 관점에서 유랑민들의 문제점을 지적했다.

실제로 아돌프의 말처럼 유랑민들 중 상당수는 어떤 영지에서도 환영받지 못한 이들이었다.

물론 억울하게 누명을 쓰거나 혹은 자유민이 되고 싶은 마음에 영지에서 도망친 이들도 있겠지만 유랑민들 중에서 좋은 유랑민과 나쁜 유랑민을 걸러내기란 불가능에 가까운 일이었다.

"그뿐만이 아닙니다, 영주님. 유랑민들은 오랫동안 영지 바깥을 떠돌며 살아온 자들입니다. 그들에게 영지의 규칙과 질서를 따르라고 말한다면 아마 대부분 듣지 않으려 할 겁니다. 그리고 유랑민들이 제멋대로 구는 걸 다른 영지민들이 본다면 분명 불만을 가지게 될 겁니다. 유랑민들을 어째서 받아들였는지, 또 왜 저들을 제대로 통제하지 못하는지 말이지요. 그리고 그 불만이 점점 커지게 된다면⋯⋯."

아돌프에 이어 말을 잇던 모비드가 마른 침을 꿀꺽 삼켰다.

만약 그런 식으로 영지민들의 불만이 커진다면 그 화살은 결국 레이샤드를 향할 수밖에 없었다.

"그렇군요."

레이샤드가 이해가 됐다며 고개를 끄덕거렸다.

엘리자베스와 함께 하면서 많은 것을 보고 배운 덕에 이제는 진짜 영주가 되었다고 생각했는데 아직도 갈 길은 먼 것 같았다.

하지만 아돌프나 모비드의 말처럼 모든 유랑민들을 전부

내치고 싶지는 않았다.

적어도 그들 중에 그럴 만한 사정으로 인해 대륙을 떠돌게 된 이들이 있다면 어떻게든 구제해 주고 싶었다.

"그런데 아돌프 경. 혹시 예전에 내게 했던 말 기억해요?"

"무슨 말씀이신지……?"

"내가 처음 영주가 되고 얼마 지나지 않아 영주민들이 이주 허가서도 받지 않고 영지를 떠난 일이 있었잖아요. 그때 아돌프 경이 내게 했던 말 지금도 기억하고 있어요?"

"아……!"

아돌프가 자신도 모르게 탄식을 했다. 그리고 그제야 레이샤드가 무슨 생각을 하는지 깨닫게 되었다.

고작 열두 살의 어린 레이샤드가 영주의 자리에 오르자 그 사실에 불안함을 느낀 영주민 500명이 은밀히 아베론 영지를 도망친 일이 있었다.

영주민이 영지를 떠나기 위해서는 이주 허가서를 발급받아야 했다. 그리고 이주 허가서를 발급받기 위해서는 이주 허가금을 내야 했다. 하지만 영지의 사정이 나빠질 대로 나빠진 상황에서 영지민들에게 이주 허가금이 있을 리 없었다.

결국 영주민들은 야반도주를 선택했다. 그리고 그 사실

을 알게 된 아돌프는 괘씸한 일이지만 영지를 도망친 영지민들도 결국 오늘의 선택을 후회하게 될 것이라고 말했다.

레이샤드는 그 이유가 궁금했다.

살기 힘든 아베론 영지를 떠났는데 어째서 영지민들이 후회를 하는지 말이다.

그때 아돌프는 이렇게 답을 했다.

"이주 허가서가 없는 영지민은 자유민이 아니라 유랑민의 신세가 됩니다. 그리고 그 어떤 영지에서도 유랑민은 잘 받아주지 않습니다. 결국 저들은 주변 영지를 기웃거리다가 다시 아베론 영지로 오려고 할 것입니다. 그러나 그때는 아베론 영지도 저들을 받아주지 않을 겁니다. 앞서 말씀드렸듯 저들은 스스로 유랑민이 되길 택했으니까요."

그 당시 아돌프는 하르베스 폐황태자의 죽음으로 신경이 날카로워진 상태였다. 그래서 실제로 영지민들 중 상당수가 다시 되돌아왔지만 그들을 받아주지 않았다.

열두 살에 불과했던 레이샤드는 영지 행정의 문제를 전적으로 아돌프에게 의존하고 있었다. 그래서 아돌프가 내린 결정을 군말 없이 받아들여야 했다.

하지만 지금은 달랐다.

만약 유랑민들 중에 본래 아베론 영지에 살았던 이들이 포함되어 있다면 그들만큼은 다시 받아들여 주고 싶었다.

죽은 하르베스 폐황태자와 자신을 평생 저주하며 대륙을 떠돌도록 만들고 싶지 않았다.

"영주님께서 무슨 말씀을 하시는지 잘 알겠습니다. 그럼 과거 아베론 영지의 영주민이었던 자들은 특별히 이주를 허락하는 것으로 하겠습니다."

아돌프가 레이샤드에게 고개를 숙였다.

평소에도 영주로서 깍듯하게 예를 갖추던 그였지만 오늘만큼은 진심으로 레이샤드가 존경스러워졌다.

아돌프는 까맣게 잊고 있었던 지난날의 감정적인 결정을 레이샤드는 잊지 않고 기억하고 있었다. 그리고 그 실수를 다시 돌이킬 수 있는 기회를 주었다.

덕분에 아돌프도 자신의 설불렀던 결정에 책임을 질 수 있게 되었다.

"그리고 가능하다면 어려운 일인 줄 알지만 정말 어쩔 수 없는 사정 때문에 유랑민이 된 이들도 받아줬으면 좋겠어요."

레이샤드가 한 마디 덧붙였다.

유랑민들을 판별하기란 쉬운 일이 아니겠지만 그렇다고 아주 불가능한 것도 아니었다.

유랑민들을 겪은 이들의 이야기를 들어본다면 좋은 유랑민과 나쁜 유랑민을 어느 정도는 구분할 수 있을 터였다.

"알겠습니다, 영주님. 최선을 다하겠습니다."

아돌프가 군말 없이 레이샤드의 뜻을 받아들였다.

3년 전 레이샤드가 자신의 고집스러운 주장을 그대로 받아들여 줬던 것처럼 말이다.

그리고 아돌프는 레이샤드의 지시를 제대로 실천하기 위해 엘리자베스를 찾았다.

"그러니까 유랑민들을 판별하는 데 도움을 달라는 말이군요?"

"그렇습니다. 엘리자베스 님."

"그럼 라인하르트와 가르시아를 데려가세요. 두 사람이라면 아마 유랑민들을 정확하게 분별해 낼 거예요."

"감사합니다."

엘리자베스의 허락을 얻은 아돌프는 라인하르트와 가르시아를 대동해서 폭풍의 용병단에게 향했다. 그런데… 생각보다 유랑민의 숫자가 너무나 많았다.

"뭐야? 이건. 유랑민이 한두 명이 아니잖아?"

"유랑민만 족히 만 명은 되어 보이는 것 같습니다."

놀랍게도 폭풍의 용병단이 아베론 영지로 향한다는 소식을 들은 북대륙의 유랑민들이 전부 아베론 영지로 몰려든 상황이었다.

덕분에 영지로 들어오는 폭풍의 용병단의 행렬은 아직까

지도 끝이 나지 않고 있었다.

"모비드 님! 초소에서 연락이 왔습니까?"

아돌프가 다급히 모비드를 찾았다. 그러자 모비드가 하얗게 질린 얼굴로 다가와 말했다.

"조금 전에 마지막 이주민을 들여보냈다고 하는데 그 수가 자그마치 6만 4천입니다."

"허……!"

아돌프의 입에서 다시 헛웃음이 터져 나왔다.

가르시아가 1만 명은 족히 될 거라 했을 때에도 심장이 벌렁거렸는데 한두 명도 아니고 유랑민만 3만 5천 명이라고 한다.

이 상황을 어찌 처리해야 할지 눈앞이 깜깜하기만 했다.

만약 아돌프가 도움을 구한 게 평범한 인간이었다면 아마 그들도 머릿속이 멍해졌을 것이다. 하지만 지금 아돌프의 뒤에 서 있는 건 엘리자베스가 손수 데려온 마족들이었다.

"유랑민들을 분류하는 건 내게 맡겨주십시오. 아돌프님. 내가 마법을 통해 불순한 유랑민들이 아베론 영지에 들어오는 걸 최대한 걸러보겠습니다."

라인하르트가 팔을 걷어붙이며 나섰다.

그가 작심하면 최대한 걸러내는 정도가 아니라 조금이라

도 문제가 있는 유랑민들은 한 명도 살려주지 않을 터였다.

하지만 그렇게 되면 아베론 영지는 피로 물들고 말 것이다.

"저 역시 라인하르트 님을 도와 유랑민들의 분별 작업을 시작하겠습니다. 그러니 유랑민들은 전부 저쪽, 농경지 쪽으로 보내주십시오."

가르시아가 수확이 막 끝난 농경지를 가리키며 말했다.

라인하르트가 유랑민들을 통제하려면 마법을 사용하는 게 편했다. 그러려면 3만 5천 명을 수용할 수 있는 공간이 필요했다.

"그렇게 하십시오. 제가 페터슨 경에게 그렇게 일러두도록 하겠습니다."

아돌프가 라인하르트와 가르시아를 믿겠다며 고개를 숙였다. 그와 동시에 오랜만에 재미있는 일을 맡게 된 라인하르트와 가르시아의 입가를 타고 즐거운 웃음이 번졌다.

3

"미리 말하지만 네 머릿속에서 나오는 생각을 따를 마음은 전혀 없다."

텅 빈 농경지로 걸어가며 라인하르트가 경고하듯 말했다.

중간계에서는 서로 동등한 입장을 유지하고 있지만 그렇다고 해서 가르시아의 지시를 따르고 싶은 마음은 없었다.

그러자 가르시아가 당연하다며 고개를 숙였다.

"지당하신 말씀이십니다. 다만 저는 라인하르트 님께서 제 이야기를 조금만 들어주시길 바랄 뿐입니다."

만약 마계였다면 가르시아는 말을 마치기도 전에 라인하르트가 뿜어낸 마나에 의해 핏빛 가루가 되어버렸을 것이다.

하지만 이곳은 중간계, 아베론 영지였다. 그리고 엘리자베스는 분명 두 사람이 힘을 합쳐서 레이샤드의 뜻을 따르라고 말했다.

여기서 라인하르트가 무작정 자신의 고집만 부리려 하면 결국 엘리자베스의 화를 사게 될 것이다.

엘리자베스가 중간계에서 당장 자신을 어찌 하지는 않겠지만 마계로 돌아가게 된다면 이야기는 달라진다.

그때는 임시적인 종속 관계(엘리자베스와 아스타로트를 제외한 다른 네 마족은 임시적으로 주종 관계인 상태)가 끝이 나기 때문에 엘리자베스가 어찌 나올지 장담하기 어려웠다.

상대가 엘리자베스 한 명이라 하더라도 솔직히 벅찬 게 사실이었다.

엘리자베스는 혈통도 뛰어나지만 마법 실력과 검술 실력

도 어마어마하다고 알려져 있었다.

그러나 라인하르트는 엘리자베스보다 솔직히 아스타로트가 더 두려웠다.

엘리자베스의 말 한마디라면 크라우스에게도 검을 뽑을 수 있는 게 바로 아스타로트다. 그를 적으로 만드느니 차라리 스스로 마생을 끊어버리는 게 나을 터였다.

"어디 한번 떠들어 봐라."

라인하르트가 마지못해 허락했다. 그러자 가르시아가 라인하르트의 눈치를 살피며 조심스럽게 말을 이었다.

"라인하르트 님도 짐작하고 계시겠지만 유랑민들 중 적지 않은 수가 불순한 무리일 겁니다. 그중에는 다른 영지에서 보낸 첩자들도 있을 테고요. 자신들의 흉악한 본성을 감추며 선한 척 구는 자들도 있을 겁니다."

"흥! 내가 설마 그깟 녀석들을 분별해 내지 못할 것이라고 생각하는 거냐?"

"아닙니다. 그럴 리가요. 라인하르트 님께서 마음만 먹는다면 감히 그 어떤 불순한 자들이 아베론 영지에 들어올 수 있겠습니까?"

"그럼 뭐가 문제지?"

"문제라니요. 당치 않으십니다. 제가 어찌 그런 마음을 품을 수 있겠습니까?"

"그럼 뭐야?"

"저는 그저 라인하르트 님께서 걸러낸 그 불순한 무리들을 어찌 처리하실지가 궁금할 따름입니다."

"불순한 무리라."

라인하르트가 슬쩍 입가를 비틀어 올렸다.

그는 가르시아가 자신의 안목을 믿지 못하고 유랑민을 분류하는 기준에 대해 일장연설이라도 늘어놓으려는 줄 알았다. 하지만 가르시아는 애당초 유랑민의 분류에 대해서는 관심이 없었다.

그보다는 분류해 낸 유랑민들을 데리고 뭔가 일을 벌이려는 모양이었다.

"네 녀석의 꿍꿍이가 뭐냐?"

라인하르트가 관심 어린 눈으로 물었다.

그 역시 마족이긴 했지만 가르시아만큼 간계에 능하지는 않았다.

어쩌면 당연한 일이었다.

엘리자베스나 아스타로트 같은 상상 이상의 강자들과 함께 있기 때문에 몸을 사릴 뿐 솔직히 마계에서 라인하르트를 어찌할 수 있는 존재는 많지 않았다.

오히려 라인하르트가 나타나면 납작 몸을 엎드린 채 바들바들 떨어야 하는 마족들이 대부분이었다.

반면 가르시아는 달랐다.

최상위 마족이긴 하지만 전투보다는 간계에 능하다 보니 늘 싸우지 않고 이기는 방법을 연구해 왔다. 그리고 그 속에는 타인을 조종해 이익을 챙기는 방법도 포함되어 있었다.

"대단한 일은 아닙니다. 다만 아베론 영지의 미래를 생각했을 때 주기적인 영지민의 유입이 필요하다는 판단을 내렸습니다."

가르시아가 게슴츠레한 눈을 반짝거렸다.

그 모습이 썩 마음에 들지는 않았지만 라인하르트는 이내 고개를 끄덕거려 주었다. 그러자 가르시아가 움츠렸던 목을 조금 더 빼내며 말을 이었다.

"그리고 영지민들을 늘리는 데 유랑민만큼 좋은 것도 없다는 생각이 들었습니다."

제국 학자들의 조사에 따르면 대륙 각지에 흩어진 유랑민들의 수가 대략 200만 명을 헤아린다고 했다. 거기에 대륙에 존재하는 자유 영지에 머무르고 있는 자유민들을 더하면 그 수가 400만에 달했다.

그들을 전부 끌어모을 수만 있다면 왕국까진 무리더라도 공국 수준의 나라를 세우는 것도 불가능한 게 아니었다.

지금도 앞으로도 아베론 영지에 가장 필요한 건 사람이

었다.

당장이야 8만 5천(폭풍의 용병단과 그들의 가족들을 포함했을 때)의 인구도 벅찬 상황이지만 머지않아 농사를 짓는 게 가능해지면 그때부터는 또다시 영지민들을 늘릴 계획을 세우게 될 것이다.

하지만 그때에도 지금처럼 주변 영지를 통해 영지민을 늘리려 한다면 대륙의 의심을 사게 될 수 있었다.

아베론 영지가 워낙 영지민이 없다 보니 주변의 세 백작령에서도 라미레스 후작가의 인구가 아베론 영지로 유입되는 걸 별말 없이 받아들였다.

물론 그들에게 결정권이나 거부권이 있는 것은 아니지만 주변 영지의 변화에 민감할 수밖에 없는 게 대륙 모든 영지들의 공통된 성향이었다.

라인하르트가 어떤 기준으로 유랑민들을 분류하느냐에 따라 다르겠지만 만약 유랑민들 중 1만 5천을 더 수용한다면 아베론 영지의 인구는 10만에 다다르게 된다.

아마 다른 영지였다면 그 자체만으로도 큰 혼란에 빠져들 것이다.

영지의 인구가 아무리 많다고 하더라도 단번에 10만에 가까운 이주민을 받아들이는 건 어리석은 짓이었다.

이곳은 아베론 영지였다.

엘리자베스가 직접 보살피고 크라우스를 비롯한 열두 마신의 관심을 한 몸에 받는 그런 곳이었다.

누군가 아베론 영지에서 쓸데없는 분란을 일으키려 했다간 아마 그전에 소리 소문 없이 목숨을 잃고 말 터였다. 그것을 용납할 만큼 마계의 족속들은 너그럽지가 않았다.

게다가 영지민들과 이주민들 간의 불화가 생길 틈도 없었다.

현재 열두 마신들은 돌아가며 이웃을 받아들이고 레이샤드를 섬기며 아베론 영지를 위해 살라는 계시를 내리고 있었다.

꿈이나 현실을 통해 신의 계시를 받았는데 그것을 무시하고 제멋대로 굴 만큼 어리석은 인간은 아직까지 아베론 영지에 없었다.

하지만 고작 그 정도의 인구수만으로는 엘리자베스가 염원하는 크로노스 왕국의 부활은 꿈도 꾸기 어렵다는 것이다.

아베론 영지가 장차 크로노스 왕국의 형태로 나아가기 위해서는 제국 학회에서 분석한 대륙에 존재하는 모든 잉여 인구를 전부 흡수해야만 했다. 그것만으로도 부족하기 때문에 대륙에 시도 때도 없이 전쟁이 터져주고 그 과정에서 발생한 피난민들도 전부 끌어들여야만 했다.

그러나 그런 일이 벌어지기란 불가능에 가까워 보였다. 게다가 아베론 영지는 지리적인 입지가 좋지 않았다.

마기에 둘러싸인 점을 제외하더라도 아베론 영지는 지나치게 대륙의 북쪽에 있었다.

대륙 북부의 왕국들이라면 모르겠지만 제국을 비롯해 제국 남부의 자유민들이 아베론 영지까지 오기 위해서는 족히 수년을 허비해야만 했다.

게다가 설사 자유민이 생기더라도 그들이 아베론 영지를 새로운 이주지로 결정할지도 의문이었다.

변화하는 아베론 영지에 대한 소문은 근방의 영지민들에게도 제대로 전해지지 않고 있었다. 하물며 저 대륙 반대편에 위치한 곳에 사는 대륙민들이 아베론 영지의 변화를 전해 듣고 이곳을 동경할 리 없었다.

"그래서 저는 그 불순한 무리들을 유익하게 이용해 보고자 합니다."

가르시아가 라인하르트에게 자신의 계획을 전부 털어 놓았다.

인간들의 마음을 사로잡는 데 있어 간교한 말보다 더 효과적인 것은 없었다. 만약 불순한 생각을 가지고 아베론 영지에 들어왔던 유랑민들을 세뇌시키고 그들로 하여금 대륙 곳곳에 흩어져 있는 유랑민들과 자유민들에게 아베론 영지의 소식을 전하게 한다면? 아베론 영지는 굳이 다른 영지의 잉여 영지민을 탐하지 않더라도 자연스럽게 영지 인구 증가를 이룰 수 있을 것이다.

"나쁘지 않군."

라인하르트가 피식 웃었다.

지극히 가르시아다운 발상이긴 했지만 그의 얄팍함이 마음에 들었다.

물론 대륙에 아베론 영지에 대한 소문을 퍼뜨리는 건 굳이 버러지 같은 자들을 이용하지 않더라도 얼마든지 할 수 있었다. 하지만 가르시아는 돈도 들지 않고 특별히 관리할 필요도 없는 방법을 생각해 냈다.

합리적인 건 물론이고 효율까지 따지는 마법사의 입장에서 봤을 때 충분히 해볼 만한 일이었다.

라인하르트가 굳었던 표정을 풀었다.

자신보다 하찮은 가르시아의 뜻에 따라주는 게 자존심 상하긴 했지만 아베론 영지를 위해서라도 가르시아에게 맡기는 편이 나을 것 같았다.

"참. 그중에서도 쓸 만한 놈들은 세뇌시키지 말고 아르메스에게 넘겨주도록 해라."

라인하르트가 마지막으로 한마디 했다.

아마 마법을 통해 분류했을 때 부적합한 유랑민들의 수

가 상당할 것이다.

그들 전부를 가르시아에게 맡겼다간 특유의 세 치 혓바닥을 통해 혼란스러운 왕국 하나를 망하게 만들지도 몰랐다.

"알겠습니다, 라인하르트 님."

가르시아가 굳어진 얼굴로 고개를 숙였다.

솔직히 아르메스와 유랑민들을 나눠 가지는 게 마음에 들진 않았지만 그렇다고 라인하르트의 명을 어길 수는 없는 노릇이었다.

제58장

폭풍의 용병단과 성녀 part 3

1

"이주 허가증이 없는 사람들은 전부 저쪽으로 이동하십시오. 미리 말하지만 가짜 이주 허가증을 내밀다가 적발될 경우 그 즉시 영지 밖으로 쫓아내 버릴 겁니다!"

행정 담당 모비드의 지시를 받은 병사들이 큰 목소리로 말했다.

현재 아베론 영지가 받아들이기로 한 건 폭풍의 용병단과 그들의 가족뿐이었다. 그리고 그들은 전부 자유민이었다.

프리아 영지에서 발급받은 이주 허가증도 소지하고 있었다.

하지만 아베론 영지에 모여든 이들 중 이주 허가증을 소지한 건 채 절반도 되지 않았다.

그렇다 보니 거의 두 명에 한 명 꼴로 진열을 이탈해 병사들이 가리키는 농경지로 걸어갈 수밖에 없었다.

"아버지, 우리 정말 이 영지에서 살 수 있어요?"

아버지의 커다란 손을 잡고 걷던 아들 샘이 불안한 얼굴로 말했다.

똑똑한 피거슨 아저씨는 아베론 영지에서 유랑민 모두를 받아주지 않을 것이라고 말했다.

받아들일 유랑민들을 통제하기 위해서라도 필시 분류 작업을 통해 겁을 줄 것이라고 일러주었다.

샘은 가급적이면 자신과 아버지, 그리고 가족들이 아베론 영지에 남길 바랐다. 그건 샘의 아버지 바이큰도 마찬가지였다.

처음 폭풍의 용병단이 아베론 영지로 향한다는 소식을 전해 들었을 때만 하더라도 바이큰은 덜컥 겁이 났다.

북쪽에서 흘러나오는 마기를 막는 방파제 역할을 해왔던 아베론 영지에 문제가 생겨서 폭풍의 용병단이 나선 것이라고 생각한 것이다.

그런데 자세히 알아보니 폭풍의 용병단은 계약 때문에 아베론 영지로 향한다고 했다. 그것도 전쟁 계약이 아닌 치안 유지 계약이라고 했다.

고작 영지와 영지민들의 안전을 위해 대륙 최고의 용병단 전원을 아베론 영지에서 끌어들인 것이다.

"대체 아베론 영지가 어떻게 된 거야?"

바이큰을 비롯한 유랑민들은 아베론 영지가 궁금해지기 시작했다. 그래서 유랑민들에게 생필품을 판매하는 상인들을 붙잡고 아베론 영지의 사정에 대해 물었다.

"뭐야? 아무것도 몰랐던 거야? 아베론 영지 요즘 대단하잖아."

"대단하다니? 뭐가 말이오?"

"아베론 영지에서 흑철광이 발견됐다나 봐. 그래서 새로 들어오는 이주민들에게 집도 주고 땅도 주고 먹을 것도 주고 그렇다나 봐."

"그, 그게 정말이오?"

"내가 뜨거운 스튜 먹고 당신들한테 거짓말하겠어? 정 못 믿겠다면 한번 가 봐. 물론 아베론 영지에서 받아 줄지는 나도 모르겠지만 말이야."

바이큰은 유랑민들의 대표나 마찬가지인 피거슨을 찾아갔다. 그리고 피거슨에게 상인에게 전해 들은 이야기를 해

주었다.

"그렇다면 아베론 영지로 가는 게 좋겠어."

"어째서요?"

"보아하니 아베론 영지의 주인이 영지를 크게 키울 모양인가 봐. 영지가 크려면 영지에 돈이 될 만한 게 나와야 하지만 그만큼 사람들이 많아야 하거든. 그런데 아베론 영지에 사람들이 얼마나 있겠어? 그러니까 대대적으로 사람들을 받아들이려 하는 거고, 그걸 감안해서 폭풍의 용병단도 끌어들인 거겠지."

"아⋯⋯!"

똑똑한 피거슨의 설명을 이해한 바이큰은 재빨리 가족들에게 돌아갔다. 그리고 아베론 영지로 떠나자고 설득했다.

설득의 과정은 그리 오래 걸리지 않았다.

처음에는 반대하던 아내도 어디서 무슨 이야기를 들었는지 다음 날부터 짐을 꾸리기 시작했다.

"그냥 무작정 찾아가면 아베론 영지가 받아 주겠어? 그러니까 아베론 영지의 초소 근처에서 좀 기다려 보자고. 폭풍의 용병단은 아베론 영지에서 살기 위해 가는 게 아니라 계약 때문에 가는 거니까 필시 초소를 통과하게 될 거야."

피거슨은 무작정 움직이려는 유랑민들을 만류하고 그들을 초소 근처로 데려갔다. 그리고 며칠이 지나지 않아 피거슨의 말대로 폭풍의 용병단이 모습을 드러냈다.

"잠시, 잠시만요. 저희 이야기를 들어주십시오."

어느새 커다란 유랑민 무리의 대표가 된 피거슨은 폭풍의 용병단에게 도움을 청했다.

자신들도 아베론 영지에서 살 수 있도록 폭풍의 용병단이 함께 움직여 달라고 부탁했다.

"그렇게 하세요."

유랑민의 딱한 소식을 들은 성녀 셰이나가 피거슨의 청을 받아들였다.

안티몬이 계약 위반이라고 말했지만 셰이나는 그 정도쯤은 아베론 영지에서도 충분히 이해해 줄 것이라고 말했다.

폭풍의 용병단 덕분에 바이큰과 샘, 그리고 가족들은 무사히 아베론 영지에 들어올 수 있었다. 하지만 애석하게도 그들에게는 이주 허가증이 없었다. 그리고 이주 허가증이 없이는 아베론 영지의 영지민으로 곧바로 인정받을 수가 없었다.

이주 허가증이 없는 자를 분류하기 시작하자 바이큰은 다리가 후들거렸다.

최악의 경우 이대로 아베론 영지에서 내쫓길 수도 있었다. 그렇게 된다면 며칠을 걸쳐 왔던 거리를 미래에 대한 아무런 기약 없이 되돌아가야만 하는 상황이 생기고 말 것이다.

"너무 걱정하지 마라. 다 잘 될 거다."

떨리는 마음을 추스르며 바이큰이 샘의 손을 힘껏 움켜 잡았다.

샘이 아프다며 엄살을 부렸지만 바이큰은 손에서 힘을 풀지 않았다.

이대로 샘의 손을 놓아주면 여기까지 함께했던 운명의 여신이 자신들을 외면해 버릴 것만 같았다.

'운명의 여신 체이르 님. 제발, 제발! 저희 가족들을 구원해 주십시오.'

바이큰이 목에 건 목걸이를 꼭 움켜쥐며 기도를 했다.

그렇게 수많은 이의 기도 소리가 하늘을 넘어 신계에 닿았다.

안정적인 삶을 사는 대륙민들 중 상당수는 마신들보다는 천신을 섬기는 편이었다.

물론 재물의 여신 고르디아나 운명의 여신 체이르처럼 마신이지만 천신들만큼이나 사랑받는 마신들도 존재했다. 또 마법의 신 헤베우스나 장인의 신 톨로이처럼 마법사나 장인들이 섬기는 마신들도 있었다. 하지만 그 외에 다른 마신들은 대륙민들에게 외면받는 경우가 많았다.

행복과 평화를 꿈꾸는 평범한 대륙민들이 고통이나 절

망, 불화, 복수, 파괴, 파멸 등을 주관하는 마신을 가까이하고 싶을 리 없었다.

그러나 마신들이라고 해서 자신에게 주어진 권능만을 다루는 것은 아니다.

불화와 파멸의 여신이라 불리는 쉬반은 마신들 중에서도 가장 꺼려하는 마신이었지만 의외로 그녀는 정의로운 일도 많이 했다.

단 복수라는 형태를 통해서 말이다.

복수의 여신이기도 한 쉬반에게 정의란 힘을 통해 받은 걸 되갚는 것이지 참고 인내하며 용서하는 게 아니었다.

그러나 안락한 삶 속에 있는 이들은 그런 쉬반의 진정한 가르침을 제대로 이해하려고 들지 않았다.

그러나 유랑민들은 달랐다. 본래 어느 영지에 속했던 영지민이었지만 이런저런 문제들로 인해 영지를 떠날 수밖에 없는 그들은 이 세상이 모두에게 공평하고 모두가 행복할 수 있는 세상이 아니라는 걸 누구보다 뼈저리게 느낄 수밖에 없었다.

자연스럽게 대부분의 유랑민들은 천신들보다는 마신들을 섬겼다. 그리고 그들의 기도 소리에 오랜만에 마계 곳곳에서 웃음꽃이 피어올랐다.

"크흐흐. 라인하르트, 이 녀석아. 나를 섬기는 이들을 제외시킨다면 가만두지 않을 테다."

"라인하르트, 평소에 내가 얼마나 널 예뻐했니? 그러니까 나를 섬기는 이들을 받아주렴. 알았지?"

마신들은 기다렸다는 듯이 라인하르트에게 자신의 뜻을 전했다.

그 은밀한 청탁이 어찌나 심하던지 참다못한 라인하르트가 마계의 목소리를 차단해 버렸다.

"망할 마신들 같으니라고. 그런 식으로 따지면 누굴 골라내라는 거야?"

라인하르트가 이맛살을 찌푸렸다.

자신을 섬기는 이들을 한 사람이라도 더 아베론 영지에 남겨두려는 마신들의 입장을 모르는 바는 아니었지만 그렇다고 장차 아베론 영지에 해가 될 자들까지 눈감아줄 수는 없는 노릇이었다.

만약 그랬다간 마계로 돌아가기 전에 엘리자베스의 추궁을 듣게 될 것이다.

그 과정에서 절망의 검 아스타로트를 상대하느니 나중에 마신들의 눈총을 받는 편이 나을 것 같았다.

"자, 지금부터 마법을 활성화시킬 테니까 그 자리에서 꼼짝도 하지 말도록. 알겠지?"

라인하르트가 말을 끝내기가 무섭게 오른손을 들어 올렸다.

그 순간 사방에서 어둠이 몰려들더니 경작지에 빼곡히 들어선 유랑민들의 주변을 벽처럼 막아버렸다.

자연스럽게 유랑민들의 입에서 크고 작은 비명들이 터져 나오기 시작했다.

"저분으로 말씀드릴 것 같으면 아베론 영지의 전속 마법사이십니다. 그리고 그 경지 또한 대단하시지요. 그러니까 마법사님의 심기를 건드리는 멍청한 짓은 하지 말기 바랍니다."

가르시아가 냉큼 나서서 유랑민을 달랬다.

정확하게 말하자면 협박에 가까운 말투였지만 놀랍게도 유랑민들의 동요는 금세 잦아들었다.

아베론 영지에 대단한 실력을 가진 마법사가 나타났다는 소문을 모르는 유랑민은 거의 없다시피 했다.

"이제부터 내가 하는 말을 잘 듣고 움직이도록 해라. 알았지? 자, 일단 과거 아베론 영지에 살았던 자들이나 그들의 후예들은 저기 저 녀석 앞으로 가도록. 빨리!"

라인하르트가 아베론 영지와 관련된 이들을 1차적으로 추려냈다.

그러자 눈치를 살피던 유랑민들이 하나둘씩 가르시아 앞으로 다가갔다.

자신들을 분류하는 이유가 좋은 것인지 나쁜 것인지 확

신하기 어렵지만 적어도 아베론 영주가 아베론 영지에 살았거나 살았던 자들의 후예를 박대할 것 같지는 않았다.

그렇게 움직인 인원이 5천여 명을 헤아렸다.

하르베스 폐황태자가 아베론 영지에 부임하기 직전의 인구수였던 5천여 명과 비교했을 때 1천여 명이 추가로 늘어난 셈이었다.

"어르신, 저희는 어떻게 됩니까요?"

가장 앞쪽에 서 있던 노인이 가르시아에게 조심스럽게 물었다.

움직이라고 해서 움직이긴 했지만 그의 얼굴에는 불안함이 가득 담겨 있었다.

"영주님께서는 아베론 영지의 영주민들이었거나 그들의 후예들은 큰 결격사유가 없는 한 영지에 다시 받아들여 주시겠다고 하셨습니다."

가르시아가 웃는 얼굴로 말했다.

그와 동시에 사방에서 안도의 한숨들이 터져 나왔다. 혹시나 하는 기대가 현실이 되니 그저 모든 게 꿈같기만 한 것이다.

"감사합니다, 어르신. 정말 감사합니다."

"이 은혜 평생 잊지 않겠습니다."

선택받은 유랑민들이 앞다투어 가르시아에게 허리를 굽

혔다. 그러자 가르시아가 그럴 것 없다며 손사래를 쳤다.

"이 모든 결정은 영주님께서 직접 내리신 것입니다. 그러니 영주님께 평생 감사해하며 살기 바랍니다."

가르시아가 모든 덕을 레이샤드에게 돌렸다.

그제야 새롭게 영지민들이 된 이들의 입에서 레이샤드를 향한 감사의 인사가 흘러나왔다.

하지만 아베론 영지와 관련이 되었다고 해서 모든 이들을 다 받아주는 것도 아니었다.

게다가 이들 모두가 정말 아베론 영지와 관련이 있는지도 확인해 볼 필요가 있었다.

"지금부터 한 사람 한 사람씩 사실 확인을 시작하겠습니다. 미리 말하지만 만에 하나 자신이 거짓으로 이 자리에 나왔다면 지금 즉시 저쪽으로 돌아가시기 바랍니다. 만일 거짓말로 날 속이려 한다면 그때는 아베론 영지에 온 것을 평생 후회하도록 만들어 주겠습니다."

만약 누구든 가르시아가 마족이라는 사실을 알아챘다면 그의 말을 허투루 듣지 못했을 것이다.

일반적으로 알려진 마족의 흉악함과 잔인함은 그 어떤 말로 형용할 수조차 없을 정도였다.

그러나 눈치를 보며 아베론 영지민들 사이에 끼어들었던 유랑민들은 가르시아의 경고를 무시해 버렸다.

제아무리 아베론 영지의 관리라 하더라도 자신들의 과거를 전부 밝혀내지는 못할 것이라고 여겼다. 게다가 체격이 왜소한 가르시아가 협박을 한들 그 말이 진심처럼 와 닿지도 않았다.

"마지막으로 기회를 드리겠습니다. 거짓으로 이 자리에 나왔다면 지금 즉시 저쪽으로 돌아가기 바랍니다."

가르시아가 친절하게 다시 한 번 기회를 주었다. 그러면서 특유의 넉살 좋은 웃음을 잃지 않았다.

그것은 뭔가 일을 벌이기 직전에 나오는 가르시아만의 버릇이었다. 그리고 가르시아가 일을 벌이면 피바람이 불지 않았던 적이 없었다.

그러나 이번에도 유랑민들 중 누구도 제자리로 돌아가려 하지 않았다.

가르시아가 처음에 그런 말을 했다면 고민이 됐겠지만 이미 레이샤드의 의지를 전해 들은 뒤였다.

여기서 조금만 버티면 아베론 영지에서 평생 살 수 있는데 다시 되돌아갈 바보는 단 한 명도 없었다.

그런 간악하고 약은 마음이 가르시아를 더 잔인하게 만들었다.

"좋습니다. 그럼 한 사람 한 사람씩 이 공간 안에 들어오십시오."

가르시아가 자신의 앞쪽을 가리켰다. 순간 그 앞으로 시커먼 원이 그려졌다.

"마법진!"

유랑민들 중 누군가가 반사적으로 소리쳤다.

시커먼 원 주변을 일렁거리는 어둠의 마나를 통해 그 정체가 마법진이라는 사실을 알아챈 것이다.

"호, 혹시 마법사이십니까?"

가장 앞줄에 서 있었던 노인이 떨리는 목소리로 물었다.

만약 눈앞에 있는 가르시아가 정말로 마법사라면 적잖은 이들이 큰 화를 당할 것 같았다.

"마법사라니요. 당치 않습니다."

가르시아가 자신은 마법사가 아니라며 고개를 흔들어댔다.

마계에 오래 머물다 보니 자연스럽게 마법을 익힌 것뿐이지 라인하르트 같은 마법 마족으로 불리기에는 형편없는 실력이었다.

가르시아가 마법사가 아님을 밝히자 과거 아베론 영지민들 사이에 숨어 있던 유랑민들이 천천히 숨을 골랐다.

가르시아가 마법사였다면 지금 당장에라도 도망쳐야 하겠지만 마법사가 아니라고 한다. 그렇다면 어떤 결과가 나오든 간에 아베론 영지와 관련된 것처럼 구는 게 살아남는 최선의 방법일 것 같았다.

'저 마법진이 어떤 마법진인지는 모르겠지만 그래 봐야 소용없을 거야. 내가 아베론 영지에서 살았다고 주장하는데 마법으로 그걸 어떻게 알겠어?'

거짓말을 하는 유랑민들은 마음을 단단히 먹었다.

마법사도 아닌 가르시아가 만들어낸 마법진이 솔직히 대단하게 느껴지지도 않았다.

그러나 멀찍이서 그 모습을 지켜보고 있던 라인하르트는 가르시아의 마법 실력에 작게 감탄을 터뜨렸다.

"녀석, 제법이군 그래. 저런 마법진도 펼칠 줄 알고 말이야."

지금 가르시아가 만들어낸 마법진은 진실과 거짓을 가리는 마법진이다.

마계는 물론이고 인간계와 드래곤들의 마법까지 전부 섭렵한 라인하르트에게는 대수로울 게 없는 마법이었지만 가르시아처럼 마법과 거리가 먼 마족이 쉽게 펼칠 수 있는 정도는 아니었다.

"자, 앞에 서 있는 분들부터 한 사람씩 마법진 안으로 들어오십시오."

가르시아가 자신과 몇 번이고 말을 주고받은 노인을 가리키며 말했다. 그러자 노인이 잔뜩 긴장한 얼굴로 마법진

위에 올라섰다.

우우웅!

노인의 존재를 인식하듯 어둠이 낮게 울었다.

자연스럽게 노인의 얼굴이 하얗게 질려 버렸다.

"너무 겁먹지 말고 내 질문에 편하게 대답하시면 됩니다."

가르시아가 노인을 안심시켰다.

아직 그 어떤 질문도 하지 않았지만 가르시아는 노인이 과거 아베론 영지에 살았던 자임을 알고 있었다. 그렇다 보니 노인을 굳이 겁박하고 싶지 않았다.

"당신이 아베론 영지를 떠난 건 몇 년 전 언제쯤입니까?"

가르시아가 너무나 평범한 질문을 했다. 그래서일까, 노인은 한참 만에 겨우겨우 기억을 더듬어낼 수 있었다.

"이십팔 년 전쯤입니다. 정확하게 기억은 안 나지만 날이 무더웠던 때였습니다."

노인이 떨리는 목소리로 말했다.

가르시아가 원하는 게 정확한 날짜라면 솔직히 대답할 자신이 없었지만 그걸 물어보는 건 아닌 것 같았다.

아니나 다를까.

"좋습니다. 이걸 받고 저쪽으로 가십시오. 그러면 병사가 영지에 영지민으로 등록하는 법을 알려줄 겁니다."

가르시아의 입에서 첫 번째 허가가 떨어졌다.

"감사합니다, 감사합니다. 어르신."

노인이 기쁜 마음에 연신 고개를 굽혔다. 자신보다 가르시아의 외모가 한참 어려 보였지만 고마운 마음을 감추지 못했다.

자연스럽게 가르시아의 입가에도 웃음이 번졌다.

최근 들어 인간의 본성에 대해 연구하고 있는 그에게 노인의 태도는 무척이나 인상적이었다.

그리고 그 모습을 가까이서 지켜보던 붉은 머리카락의 사내의 입가에도 묘한 웃음이 감돌았다.

'뭐야? 어려운 질문을 하려는 건 줄 알았더니 평범한 거잖아? 게다가 저 노인은 제대로 대답조차 하지 못했는데 넘어가다니. 크흐흐. 역시 예상대로 그냥 겁만 주려는 거였어. 그렇다면……! 크흐흐. 계획대로 아베론 영지에서 새출발을 하는 일만 남았군그래.'

사내는 혹시라도 가르시아가 어려운 질문을 할지 몰라 최대한 마법진으로 바짝 달라붙었다. 그리고 가르시아의 질문과 노인의 대답을 유심히 엿들었다.

그러나 질문과 대답 모두 예상을 한참 밑돌았다.

이 정도면 여기 있는 이들 전체가 가르시아의 시험을 통과할 것 같았다.

"다들 걱정하지 말라고. 긴장하지 말고 질문에 맞게 대답만 하면 되니까. 알았지?"

무리로 돌아온 붉은 머리카락의 사내가 동료들을 다독거렸다.

그들은 유랑민들 중에서도 악명 높기로 소문난 약탈자들이었다.

이들이 폭풍의 용병단을 따라 아베론 영지에 온 것도 근방에 있던 유랑민들이 전부 사라져 버렸기 때문이다.

약탈자로 먹고 살기 위해서는 약탈의 대상이 필요했다. 그런데 그 대상들이 아베론 영지로 떠나 버렸으니 붉은 머리카락 사내를 비롯한 약탈자들도 그 뒤를 따라올 수밖에 없었던 것이다.

"정말 들통나지 않을까요?"

패거리 중 하나가 걱정스럽게 물었다.

다행히도 가르시아가 마법사는 아니라지만 저만치 진짜 마법사인 라인하르트가 서 있었다.

라인하르트가 정말로 대단한 마법사라면 자신들의 이야기를 몰래 엿들을지도 모를 일이었다.

그러나 사내는 쓸데없는 걱정일 뿐이라고 잘라 말했다.

"걱정하지 마. 마법사라 하더라도 거짓말을 구별해 내지는 못할 테니까. 그리고 조금 전에 저 녀석이 저 노인에게 뭘 물어봤는 줄 아냐? 고작 물어본 게 언제 아베론 영지를 떠났냐는 것이더라. 그 정도는 누구나 대답할 수 있잖아. 안 그래?"

사내가 동료들을 독려했다. 그러자 불안함으로 가득했던 동료들의 표정이 점차 밝아졌다.

그렇게 얼마 지나지 않아 사내가 마법진 위로 올라 설 차례가 되었다.

"다들 내가 하는 거 똑똑히 지켜보라고. 알았지?"

사내가 의기양양한 얼굴로 마법진 위에 올랐다. 순간 짙은 어둠이 사내의 주변을 휘감았지만 사내는 크게 내색하지 않았다.

"당신이 아베론 영지를 떠난 건 몇 년 전 언제쯤입니까?"

가르시아가 앞선 사람들에게 물어봤던 것과 조금도 다르지 않는 질문을 했다.

그의 표정은 마치 질문은 형식적인 것일 뿐 한시라도 빨리 분류 작업을 마치고 싶어 하는 것 같았다.

'그렇다면 내가 도와드려야지.'

사내가 씩 웃었다. 그러고는 미리 준비했던 거짓말을 늘어놓았다.

"한 십오 년쯤 됐을걸요. 정확한 날짜는 모르겠지만 날이 추웠던 것으로 기억합니다."

사내의 대답은 가장 먼저 질문을 받았던 노인의 대답과 별 차이가 없었다. 그래서일까.

"됐습니다. 이 증표를 가지고 저쪽으로 가십시오."

가르시아도 별말 없이 사내에게 증표를 내주었다.

"크흐흐. 별거 아니군."

사내가 킥킥거리며 저만치 서 있는 병사에게 다가갔다. 그리고는 병사에게 받은 증표를 내밀었다.

"흠……."

증표를 꼼꼼히 살피던 병사의 눈빛이 달라졌다. 그렇지 않아도 특이한 증표가 언제쯤 나오나 기다리고 있던 차였다.

"날 따라 오시오."

병사가 사내를 아베론 성의 지하로 데려갔다.

그곳에는 지하 감옥을 책임지는 폭풍의 용병단 용병들이 날선 무기를 들고 서 있었다.

"여, 여긴 어딥니까?"

뭔가를 눈치챈 사내가 뒷걸음질을 치려 했다. 하지만 도망치기에는 이미 늦어버렸다.

"가만있어!"

어느새 달려온 폭풍의 용병단 용병들이 사내의 두 팔과 어깨를 힘껏 짓눌렀다.

다른 때 같았다면 어떻게든 몸부림을 쳐 봤겠지만 이상하게도 사내는 그 어떤 반항조차 할 수 없었다.

"이자가 처음이로군."

지하에서 미리 기다리고 있던 시리우스가 사내를 감옥 안에 집어넣었다.

과거 100만여 명을 수용했던 대영지답게 아베론 영지의 지하에는 튼튼하게 지어진 지하 감옥이 만들어져 있었다.

그러나 아베론 영지가 나날이 쇠퇴해 가면서 최근 20여 년 간 지하 감옥에 투옥된 자는 아무도 없었다. 그래서 아돌프는 물론이고 관리들조차 지하 감옥의 존재를 까맣게 잊고 있었다.

그러던 게 치안을 담당하는 폭풍의 용병단의 요청에 의해 지하 감옥에 대한 대대적인 보수 작업이 이루어졌다. 그리고 오늘 20년 만에 처음으로 죄인이 들어오게 됐다.

"마법에 걸려 있으니 아마 도망치지는 못할 겁니다. 그러니까 잘 감시만 하십시오."

시리우스가 용병들에게 말했다. 머지않아 아베론 영지의 지하 감옥이 분류된 유랑민들로 가득 찰 것이다.

그 수가 얼마가 될지는 짐작하기 어렵겠지만 지하 감옥에 존재하는 모든 옥 안에 유랑민들이 가득 채워질 건 확실해 보였다.

만약 그 많은 유랑민을 책임지고 관리해야 한다면 용병들도 상당한 부담을 느낄 수밖에 없었다.

현재 아베론 영지의 치안 유지대로 활동 중인 폭풍의 용병단 용병들은 500명이었다. 그들 중 상당수는 현재 새로 유입된 폭풍의 용병단과 그들의 가족들, 그리고 유랑민들의 통제를 위해 성 밖에 머물고 있었다.

아베론 성을 보호하기 위해 성 안에 남은 용병들의 수는 100명.

그들만으로는 만여 명의 유랑민을 전부 통제하기가 불가능한 상황이었다.

그래서 가르시아는 꾀를 냈다. 분류된 유랑민들이 의심하지 않고 제 발로 감옥으로 들어갈 수 있는 방법을 말이다.

라인하르트라면 어마어마한 마나를 방출해 분류된 유랑민들을 강제로 굴복시켜 버렸을 것이다.

그 과정에서 유랑민이 죽거나 다친다 해도 조금도 신경 쓰지 않을 터였다.

하지만 가르시아는 분류된 유랑민들을 요긴하게 활용할 작정이었다. 그러기 위해서는 분류된 유랑민들을 단계적으로 억압하고 세뇌시킬 필요가 있었다.

짧은 고민 끝에 가르시아는 조건부 마법진을 만들어냈다.

하나의 마법진만으로는 별다른 효과를 보지 못하지만 여러 개의 마법진을 거치다 보면 마나가 중첩되어 마법 효과가 발동하는, 골치 아프지만 고차원적인 마법이었다.

가르시아는 첫 번째 마법진을 감옥의 입구에 만들어놓았다. 그리고 유랑민들을 통솔하는 임무를 부여받은 병사들의 앞쪽에 두 번째 마법진을 만든 뒤 마지막으로 자신의 앞에 세 번째 마법진을 그려놓았다.

첫 번째 마법진에 들어간 사람은 누구나 구속의 사슬이라는 마법에 걸린다.

구속의 사슬이라는 이름처럼, 이 마법은 마법 대상을 구속하는 능력을 지닌다. 하지만 곧바로 마법이 발동하는 게 아니라 어느 정도 시간을 두고 천천히 대상을 옭아매는 특징이 있다.

두 번째 마법진에는 절망의 구라는 마법이 펼쳐져 있었다.

이 마법은 구속의 사슬과 마찬가지로 일정 시간이 지나야 발동하게 되는데 대상의 온몸을 무기력하게 만들고 모든 판단을 부정적으로 하게 되는 효력을 발휘한다.

마계의 마법들은 워낙 거칠기 때문에 마력으로 억누르지 않는 한 중첩을 시키기가 쉽지 않다. 그러나 구속의 사슬과 절망의 구는 서로 중첩이 가능한 마법이었다.

이렇게 두 가지 마법에 걸린 유랑민들은 가르시아에게 두 가지 증표를 받게 된다.

첫 번째 증표에는 구속의 사슬과 절망의 구를 무력화시키는 마법이 그려져 있었다.

정말 아베론 영지에 살았거나 그들의 후손들은 이 첫 번째 증표를 받고 아무 탈 없이 영지민 등록을 위해 행정관으로 가게 되는 것이다.

반면 두 번째 증표를 받은 이들은 사정이 달랐다. 아베론 영지와 전혀 관련이 없는 자들이거나, 과거 아베론 영지민이었지만 그 속에 불순한 마음이 가득한 자들. 이들은 엘리자베스의 지시에 따라 철저히 분류되고 격리되었다.

분류된 유랑민들이 받은 두 번째 증표에는 구속의 사슬과 절망의 구의 효과를 빨리 끌어내는 마법이 그려져 있었다.

그 증표를 받은 사람이 지하 감옥에 도착해 첫 번째로 그린 마법진을 밟게 되면 구속의 사슬과 절망의 구의 마법력으로 인해 항거 불능의 상태에 빠지고 마는 것이다.

같은 방법으로 가르시아는 너무나 수월하게 1차 분류 작업을 시작했다.

그 결과 아베론 영지와 관련이 있다고 주장하는 5천여 명의 이들 중 1천여 명이 지하 감옥으로 끌려갔다. 나머지 4천

명의 유랑민들은 레이샤드의 관대함 속에 다시 아베론 영지민으로의 지위를 회복할 수 있었다.

문제는 무작정 아베론 영지로 온 유랑민들이었다.

이들에 대한 판단은 가르시아가 아니라 전적으로 라인하르트에게 달려 있었다.

"아베론 영지에 나쁜 마음을 먹고 들어온 녀석들은 전부 이쪽으로 움직여라. 어서!"

가르시아의 분류 작업이 얼추 마무리가 되어가자 라인하르트가 크게 소리쳤다. 마치 알아서 움직이지 않으면 가만두지 않겠다는 듯이 말이다.

순간 뭔가 진지한 상황을 기대했던 일부 유랑민들의 입에서 헛웃음이 터져 나왔다.

대단한 마법사라고 해서 기대를 했는데 고작 저런 말로 좋은 유랑민과 나쁜 유랑민을 분류하겠다는 발상이 당혹스럽기만 했다.

하지만 유랑민들이 모르는 사실이 한 가지 있었다.

가르시아와는 달리 라인하르트는 마법 귀족이라 불린다는 사실을 말이다.

마계에 존재하는 마족들 전부가 마법을 사용할 수 있는 것은 아니었다.

실제 마법에 대한 지식을 가지고 있는 이들은 전체 마족

중 10퍼센트도 되지 않았다. 그들 중 자신에게 주어진 모든 마혈(마족의 힘의 원천)을 어둠의 마나로 바꾸어 마법사의 길을 걷는 건 만 명 중 한 명도 되지 않았다.

그렇게 마법사의 길을 걸어 최상급 마족의 경지에 도달해야만 마계에서 마법 마족으로 인정받을 수 있었다.

라인하르트는 그 고된 마법의 길을 걸어온 사내였다. 그것도 마법 실력이 다른 마족들에 비해 월등해 마법의 공작이라는 별명까지 가지고 있었다.

라인하르트의 마법 능력은 아스타로트의 검술 실력과 더불어 측정이 불가능한 것으로 유명했다. 그래서 하급 마신들은 아스타로트만큼이나 라인하르트를 꺼려했다.

아스타로트처럼 두려워하진 않았지만 라인하르트가 전력을 다해 마법을 발휘했을 때 그것을 전부 막아낼 자신이 없는 것이다.

그토록 어마어마한 마법의 경지를 이룬 라인하르트는 의지만으로 마법을 만들어내고 구현해 내는 단계에 이르렀다. 그래서 조금 전, 라인하르트는 자신의 의지를 담아 농경지에 모여든 나머지 유랑민들 전체에게 마법을 펼쳐 낸 것이다.

그것은 전설 속의 드래곤이 사용했다는 최상급 마법인 용언보다도 고차원의 마법이었다.

용언은 말을 통해 마법을 만들어내는 언령 마법(언어의 형태로 구현되는 마법)의 하나였다. 반면 라인하르트가 펼친 마법은 생각만으로 마법을 만들어내는 심령 마법(생각이나 의지로 구현되는 마법)이었다.

그리고 그 결과는 실로 놀라웠다.

"크윽!"

절대 움직이지 않겠다고 굳게 다짐했던 유랑민 사내 하나가 갑자기 가슴을 움켜쥐고 그 자리에 주저앉고만 것이다.

그와 동시에 수많은 유랑민의 입에서 자지러지는 비명이 터져 나왔다. 라인하르트의 의지를 따르지 않고 버티다가 전부 화를 당한 것이다.

"마지막 기회다. 지금 당장 움직이지 않으면 심장이 터져 죽을 것이다."

라인하르트가 다시 한 번 크게 소리쳤다. 그러자 주춤거리던 불순한 무리들이 라인하르트가 가리키는 곳을 향해 힘없이 움직이기 시작했다.

순식간에 유랑민은 두 무리로 분류가 되었다.

3만 명의 유랑민들 중 라인하르트의 까다로운 조건을 통과한 유랑민들은 1만을 조금 넘었다. 나머지 2만 명은 전부 가슴을 움켜쥔 채 잔뜩 겁에 질려 있었다.

"너희는 저쪽으로 가라. 그리고 네놈들은 저 녀석을 따라가라."

라인하르트가 불순한 무리들을 약속대로 가르시아에게 양도했다. 그러면서 분란을 일으키는 자는 당장 목을 베어버려도 좋다고 말했다.

"걱정하지 마십시오. 라인하르트 님께서 걸어놓으신 마법이 있는데 감히 누가 반항을 하겠습니까? 심장이 여러 개라도 있다면 또 모르겠지만요."

가르시아가 씩 웃으며 말했다.

그의 한 마디에 은밀히 탈출을 계획했던 유랑민들의 얼굴이 하얗게 질려 버렸다.

자세하게 설명해 주진 않았지만 가르시아는 라인하르트의 마법이 자신들의 심장에 머무르고 있다고 말했다. 그리고 반항을 할 경우 심장이 폭발할지도 모른다고 경고를 했다.

가르시아의 말처럼 인간들 중 심장을 여분으로 가지고 있는 자는 없었다.

가끔 희귀하게 두 개의 심장을 가지고 태어난 이들이 있다지만 두 개의 심장 중 하나가 폭발했을 때에도 무사한지에 대한 연구 결과는 존재하지 않았다.

"자, 빨리빨리 움직이세요. 이러다 해가 지겠습니다."

가르시아가 절망에 휩싸인 불순한 무리들을 아베론 영지

의 지하 감옥에 처넣었다.

덕분에 지난 20년간 먼지만 가득했던 지하 감옥이 유랑민들의 비명 소리로 가득 채워졌다.

2

불순한 유랑민을 전부 분류해 낸 지 하루가 지났다.

"이게 정말 우리 집이란 말이죠?"

"와아! 꿈만 같아요."

새로 주거지를 배정받은 유랑민들은 기쁨을 감추지 못했다.

아베론 영지가 살 만한 곳으로 변했다는 이야기를 들었을 때만 하더라도 반신반의했는데 정말 이토록 크고 멀쩡한 집을 내어줄 것이라고는 미처 생각지도 못한 얼굴이었다.

영지마다 다르긴 하지만 새로 들어온 이주민에게 살 곳을 마련해 주는 영주는 손에 꼽힐 정도였다. 그보다는 평생 거주세를 부여하거나 혹은 수백 골드의 집값을 요구하는 경우가 대부분이었다.

그러나 레이샤드는 아베론 영지에 온 모든 이주민들에게 무료로 집을 나눠 주었다. 어차피 예전에 만들어졌다가 버려진 집들이었다. 그런 곳에 이주민들이 들어와 살아준다면 오히려 고마워해야 할 일이었다.

그뿐만이 아니다.

"아빠, 아빠. 이것 좀 봐요! 여기 먹을 게 있어요!"

"아빠! 집 안에 없는 게 없어요. 침대도 있고 그릇들도 있어요!"

레이샤드는 이주민들이 하루라도 빨리 아베론 영지에 적응할 수 있도록 기본적인 모든 걸 갖춰주었다.

식량은 물론 각종 식기부터 시작해 가구들에 이르기까지 살아가는 데 불편함이 없도록 만들어주었다.

그것만으로도 감사할 지경인데 레이샤드의 배려는 여기서 끝난 게 아니었다.

"실례합니다. 지미슨 님이십니까?"

"네. 제가 지미슨입니다만……."

"저는 아베론 아카데미에서 온 주드라고 합니다. 다름이 아니라 지미슨 님과 가족들에 대해 몇 가지 조사할 게 있어서 찾아왔습니다."

"조, 조사요?"

"아, 그렇게 놀라지 않으셔도 됩니다. 영주님께서는 이주민들이 자신들이 원하는 일을 할 수 있도록 도와주고 싶어하십니다. 또한 새로 생긴 아베론 아카데미에 영지민들의 아이들이 교육받기를 원하고 계십니다. 하지만 영주님은 한 분이시고 가뜩이나 일도 많으신데 모든 영지민들을 상대하실 수가 없습니다. 그랬다간 몇 날 며칠이 걸릴지 모르지요. 그래서 제가 영주님을 대신해 이렇게 직접 찾아온 것입니다."

"……!"

유랑민 지미슨은 순간 말문이 막혀 버렸다.

어제 저녁 늦게 아베론 영지의 영지민으로 등록했을 때만 하더라도 안도감보다는 두려운 마음이 더 컸다.

운이 좋아 아베론 영지에 정착할 수 있게 됐지만 유랑민들의 경우 가진 게 아무것도 없었다. 그렇다 보니 아베론 영지에 제대로 정착할 수 있을지 불안하기만 했다.

물론 그때 영지민 증명서를 발급해 준 관리는 영주님이 잘 보살펴 줄 테니 아무런 걱정을 하지 않아도 좋다고 말했다. 그러나 지미슨은 그 말을 곧이곧대로 믿지 않았다.

유랑민들의 수가 한두 명이 아닌데 바쁜 영주가 자신을 직접 챙겨줄 리 없다고 생각했다.

그런데 집이 배정되기가 무섭게 정말로 영주가 보낸 사람이 찾아왔다.

그것도 하급 관리나 병사가 아닌 아카데미의 교수가 말이다.

"자, 진정하시고 지금부터 제가 질문하는 것에 대해 솔직하게 대답해 주세요. 아셨죠?"

열두 학자 중 한 명인 주드가 씩 웃으며 말했다. 그러고는 기본적인 질문을 시작했다.

"전에 살던 곳은 어디였습니까?"

"저, 전에요? 저는 대륙을 떠돌아 다녔습니다만……."

지미슨이 눈을 꿈뻑거렸다.

지난 10여 년간 어느 한곳에 머무른 적이 없었는데 살던 곳을 물어보니 어디서부터 어떻게 대답해야 할지 막막하기만 했다.

그러자 주드가 멋쩍게 웃으며 말을 정정했다.

"제가 질문을 어렵게 했나 봅니다. 그런 뜻으로 한 말이 아니라 아베론 영지 이전에 살았던 영지가 있는지 물어본 것입니다."

"아……! 저는 코핀 자작령에서 살았습니다."

지미슨이 어렵지 않게 영지의 이름을 기억해 냈다.

10년도 더 지난 일이었지만 코핀 자작령에서 억울한 오해를 받고 떠나 왔던 그 날의 일은 평생 잊을 수가 없었다.

"코핀 자작령이라면 보르딘 왕국에 있는 영지 말이로군요. 그곳에서 어떤 일을 하셨습니까?"

주드가 기록지에 지미슨의 말을 옮겨 적으며 다시 물었

다. 그러자 지미슨이 다소 주눅 든 목소리로 대답했다.

"저는 그냥 농사를 지었습니다."

농사를 짓는다는 건 특별히 대단한 일이 아니었다.

어지간한 영지에 가더라도 영지민들 중 절반 이상이 농사를 짓고 있었다.

실제 유랑민 시절에 몇 번이고 주변 영지에 자리를 잡으려고 시도를 해보았으나 직업이 변변찮다는 이유로 퇴짜를 맞아야 했다.

영지에서 위험을 무릅쓰고라도 받아들이려 하는 이들은 장인 계열의 직업군에 속한 이들이었다. 흔하디흔한 농부는 아니었다.

그래서 지미슨은 아베론 영지에서도 자신을 받아주지 않으면 어쩌나 걱정이 앞섰다. 하지만 현재 아베론 영지에서 가장 필요한 이들은 다름 아닌 농부들이었다.

"오호. 우리 영지에 꼭 필요한 농부시군요. 반갑습니다. 그럼 아베론 영지에서도 농사를 짓기를 원하십니까?"

"노, 농사요? 이곳에서 농사가… 가능합니까?"

생각지도 못했던 대답에 지미슨이 눈을 크게 떴다.

농부가 필요하다는 말은 의례적인 표현으로 받아들일 수 있지만 아베론 영지에서 농사가 가능하다니. 그런 말은 지금까지 들어본 적이 없었다.

"이해합니다. 저도 처음 아베론 영지에 왔을 때만 하더라도 농사가 가능할 것이라고는 전혀 생각하지 않았으니까요."

주드가 가볍게 웃어 보였다.

지미슨의 반응을 보니 얼마 전 자신과 다른 학자들이 놀랐던 일이 떠오른 것이다.

학자들은 아베론 영지가 농업이 아닌 흑철광을 비롯한 다른 생산물에 의해서 영지를 운영하려는 것이라 여겼다.

설마하니 마기로 뒤덮인 땅에 농사를 시작할 것이라고는 생각지도 못했다.

그러나 레이샤드가 보여준 회색빛 땅은 학자들의 선입견을 꼬집어 주었다.

놀랍게도 아베론 영지의 경작지는 머지않아 농작물을 뿌려도 될 정도로 기름져 있었다.

오래도록 농사를 짓지 않아서인지 지력이 충만했다. 마기가 조금 남아 있긴 했지만 그것도 머지않아 전부 사라져 버릴 것 같았다.

"아, 물론 당장에 곡물을 수확하기란 어려울 겁니다. 아직 경작지에 마기가 남아 있으니까요. 하지만 마기를 흡수하는 식물을 통해 마기를 제거하고 있으니 이르면 내년 즈음에는 곡물 농사가 가능할 겁니다."

주드가 친절하게 아베론 영지의 경작 현황에 대해 설명해 주었다.

그의 말처럼 당장은 마법 식물을 재배할 수밖에 없는 상황이었지만 경작지의 마기 농도가 예상보다 빠르게 줄어들고 있는 덕분에 실질적인 농사도 머지않아 가능해질 예정이었다.

"그럼 제게도 경작지를 나눠 주시는 겁니까?"

지미슨이 떨리는 목소리로 물었다.

아베론 영지에서 농사를 지으려면 경작지가 필요했다.

그 경작지를 할당받지 못한다면 농사를 짓고 싶어도 지을 수가 없었다.

그러자 주드가 당연하다며 고개를 끄덕거렸다.

"아베론 영지의 경작지는 농사를 짓길 원하는 모든 영지민에게 균등하게 배분될 예정입니다. 그러니 농사를 짓길 원하시면 말씀해 주세요."

"아아……."

지미슨은 대답 대신 탄성을 흘렸다.

너무나 과분한 대우를 받아서일까. 지미슨은 마치 이 모든 게 꿈만 같았다.

그러나 모든 유랑민들이 지미슨처럼 아베론 영지에 오길 잘 했다고 생각하는 건 아니었다.

아베론 영지의 영주민으로 인정받은 이들은 지미슨만큼이나 즐거워했지만 지하 감옥에 갇힌 이들의 사정은 전혀 달랐다.

"너무합니다. 우리가 비록 못된 생각을 가지고 아베론 영지에 온 게 사실이지만 이런 식의 대우는 참을 수가 없습니다."

"맞습니다. 우리에게 무슨 죄가 있다고 죄인 취급을 하는 겁니까? 어서 풀어주십시오!"

"풀어주십시오!"

"당장 풀어주십시오!"

지하 감옥에 갇힌 유랑민들이 한목소리로 소리쳤다. 아베론 영지에서 자신들을 받아주지 않겠다면 다시 영지 밖으로 내보내 달라는 것이었다.

그런 유랑민들의 요구도 일리는 있었다.

이들은 아베론 영지에 몰래 숨어들어 오지도 않았고 아베론 영지에서 범죄를 저지르지도 않았다.

그런데 이렇게 감옥에 가둬놓는 건 납득하기 어려운 처사였다.

하지만 라인하르트로부터 배제된 유랑민들에 대한 모든 걸 넘겨받은 가르시아는 이들을 그냥 보내줄 생각이 없었다.

"저 녀석들 때문에 시끄러울 테니 잠시 나가 있으시오."

유랑민들의 반발이 거세다는 이야기를 듣고 달려온 가르시아가 일단 용병들을 내보냈다. 그리고 문을 굳게 닫은 뒤 유랑민들이 갇혀 있던 감옥을 전부 개방해 버렸다.

그러나 유랑민들 중 누구도 감히 도망치려 하지 않았다.

가르시아의 눈동자를 타고 번지는 푸르스름한 안광이 심상치 않다는 걸 모두가 직감한 것이다.

"네놈이냐? 제일 시끄럽게 떠든 게."

가르시아가 가장 앞쪽에서 소란을 주도했던 사내를 가리켰다.

그와 동시에 가르시아의 손끝을 타고 시커먼 어둠이 번지더니 단숨에 사내의 온몸을 붙들어 버렸다.

그 순간.

"컥! 커어어억!"

사내가 고통스럽게 제 목을 움켜쥐더니 이내 그대로 쓰러져 버렸다.

고작 손가락질 한 번에 사람의 목숨 하나가 사라진 것이다.

그 모습을 지켜보던 유랑민들의 얼굴이 하얗게 질려 버렸다.

마법사가 아닌 줄 알았던 가르시아가 실제로는 이토록 흉악한 마법사였다는 사실에 다들 충격을 받은 것이다.

"또 누가 죽고 싶은 게냐?"

가르시아가 음침한 웃음을 흘리며 눈동자를 움직였다.

그럴 때마다 유랑민들은 움찔움찔 떨며 가르시아의 시선을 피해야 했다.

그렇게 유랑민들의 집단 반발은 순식간에 조용해졌다. 하지만 가르시아는 고작 이들의 분란을 달래기 위해 지하 감옥까지 내려온 게 아니었다.

"이제부터 네놈들을 쓸 만한 인간으로 만들어 주겠다. 그러니 한 놈씩 내 앞으로 와라."

가르시아가 싸늘한 목소리로 말했다. 그러자 모든 유랑민들이 동시에 뒷걸음질을 쳤다.

쓸 만한 인간으로 만들어주겠다는 그 말이 무척이나 오싹하게 느껴진 것이다.

그러나 고작 뒷걸음질만으로 가르시아를 피할 수 있을 리 없었다.

"너! 이리 와라."

누구도 자진해 움직이는 사람이 없자 가르시아가 가장 앞쪽에 서 있던 자를 가리켰다. 그러자 어둠이 일더니 발버둥치는 사내를 가르시아의 앞쪽에 데리고 와 무릎을 꿇렸다.

"나, 나에게 무슨 짓을 하려는 겁니까!"

사내가 거칠게 소리쳤다.

조금 전 죽은 사내를 두 눈으로 똑똑히 목격했으니 가르시아의 근처에 있는 것만으로도 숨통이 조이는 기분이었다.

"가만히 있어라. 금방 끝날 테니까."

가르시아가 씩 웃으며 사내의 머리 위에 손을 얹었다. 그와 동시에 보이지 않는 어둠의 손가락을 뻗어 사내의 뇌 속을 파고들기 시작했다.

"끄어어어어!"

사내의 입에서 자지러지는 비명 소리가 터져 나왔다.

그 소리가 어찌나 섬뜩하던지 유랑민들이 눈을 질끈 감고 귀를 틀어막아 버렸다. 하지만 그것도 잠시.

"됐다. 이제 저쪽에 서 있거라."

가르시아가 손을 떼자 사내는 언제 그랬냐는듯 태연하게 몸을 일으켰다. 그리고 노예처럼 가르시아가 가르킨 곳으로 걸어갔다.

"자, 다음은 네 녀석이다."

가르시아는 순서대로 유랑민 하나하나를 마기로 세뇌시켰다. 그 과정이 무척이나 번잡했지만 제대로 된 노예를 만들기 위해서는 다른 방법이 없었다.

만약 라인하르트였다면 종속 마법을 통해 유랑민들을 단체로 굴복시켰을 것이다. 하지만 그렇게 되면 이들은 생각이 없는 바보들이 되고 만다.

라인하르트가 시키는 일만 찾아 움직일 뿐 자신들이 알아서 생각하고 판단하지 못하게 된다.

게다가 만에 하나라도 누군가 라인하르트가 건 종속 마법을 알아보거나 깨뜨려 버리면 상황이 복잡해질 수 있었다.

당장 죽여도 시원치 않을 잉여 유랑민 하나 때문에 아베론 영지가 과거 크로노스 왕국처럼 대륙의 공적으로 몰리게 될 수 있었다.

그래서 가르시아는 마법이 아니라 마기를 사용했다.

순수한 마기로 유랑민들의 머릿속에 거짓된 정보를 조작해 집어넣었다. 그러면서 만약 외부에서 그 정보에 접근하려 하면 모든 걸 잊으라고 명령했다.

그렇게 가르시아는 대륙 어디에 내놓더라도 안전한 2만여 명의 세뇌된 노예들을 만들어냈다. 그리고 마법을 통해 그들을 대륙 곳곳으로 보냈다.

가르시아가 그들에게 내린 명령은 단 하나.

아베론 영지를 과장되게 선전하고 주변의 영지와 그곳을 다스리는 영주를 비난하는 것뿐이었다.

제59장

폭풍의 용병단과 성녀 part 4

1

　폭풍의 용병단과 그들의 가족이 아베론 영지에 자리를 잡아갈 무렵.

　레이샤드의 집무실로 손님이 찾아 왔다.

　"영주님, 성녀님께서 영주님을 뵙고 싶다고 하셔서 이렇게 모시고 왔습니다."

　성녀와 함께 온 라시아이언과 헤이나, 그리고 안티몬은 레이샤드와 성녀가 동등한 입장에서 대화를 나누길 기대했다.

그러나 정작 성녀는 레이샤드를 보기가 무섭게 그의 앞에 바짝 몸을 엎드렸다.

"이제와 찾아뵙는 걸 용서하세요, 주인님."

성녀 셰이나의 한 마디에 레이샤드는 물론 라시아이언과 헤이나, 안티몬도 경악을 금치 못했다.

셰이나가 보여준 지나친 인사도 놀라울 지경인데 주인님이라니. 대체 셰이나가 무슨 소리를 하는 건지 이해가 되지 않았다.

"셰, 셰이나 님! 어서 일어나십시오."

"셰이나 님께서 이러실 필요는 없습니다."

라시아이언과 안티몬은 양쪽에서 셰이나를 잡아 일으켜 세웠다.

그녀는 성녀이기 이전에 폭풍의 용병단의 어머니나 마찬가지인 존재였다. 비록 나이는 어리지만 그녀가 내다보는 미래는 지금껏 단 한 번도 틀린 적이 없었다.

세 용병은 셰이나가 아르만 공작가와 계약으로 인해 발생한 위약금 때문에 스스로 몸을 낮춘 것이라고 생각했다. 하지만 셰이나는 고작 그런 이유 때문에 자신을 희생하려 한 게 아니었다.

"어리석은 이들을 용서하세요, 주인님. 부디 용서해 주세요."

세이나가 떨리는 목소리로 말했다.

비록 몸은 라시아이언과 안티몬에 의해 붙들린 상태였지만 레이샤드를 섬기려는 그녀의 진심은 집무실에 들어선 순간부터 지금까지 조금도 변하지 않았다.

"성녀님!"

"대체 왜 이러시는 겁니까!"

라시아이언과 안티몬은 세이나가 갑작스럽게 판단력을 잃은 것이라고 여겼다. 그러나 헤이나의 판단은 달랐다.

진실을 보는 엘프의 피를 물려받은 그녀의 눈에 세이나는 진심으로 레이샤드에게 다가가려 하고 있었다.

"그만, 그만해요. 그리고 성녀님을 놔줘요. 어서요!"

헤이나가 라시아이언과 안티몬에게 소리쳤다.

아무리 성녀의 행동이 납득하기 어렵다 하더라도 그녀를 힘으로 제압하는 건 있을 수 없는 일이었다.

그때였다.

"누가 감히 영주님의 집무실에서 소란을 피우는 것이냐."

집무실 문이 열리더니 아스타로트가 싸늘한 기운을 풍기며 안으로 들어왔다.

그와 동시에 라시아이언과 안티몬의 입에서 묵직한 신음이 터져 나왔다.

"레이, 무슨 일이에요?"

아스타로트에 이어 엘리자베스가 모습을 드러냈다.

이미 마법을 통해 집무실의 상황을 엿보고 있었지만 갑작스럽게 레이샤드에게 주인님이라고 말하는 셰이나의 행동은 그녀 또한 이해하기 어려운 부분이 많았다.

대륙에 오기 전 엘리자베스는 대륙 곳곳에 레이샤드를 도울 자들을 예비해 놓았다.

그들의 꿈과 삶을 통해 때가 되면 레이샤드를 돕도록 만들어놓았다.

하지만 그들 중 성녀는 포함되어 있지 않았다.

당연한 말이겠지만 엘리자베스는 레이샤드의 곁에 여자들이 들러붙어 있는 걸 용납하려 들지 않았다. 여자들 때문에 판단력이 흐려진 군주들을 지금껏 수도 없이 봐왔기 때문이다.

그런데 폭풍의 용병단의 실질적인 주인이라 알려진 셰이나 레이샤드를 주인으로 섬기려 하고 있었다. 그것도 자신의 허락조차 받지 않은 상태로 말이다.

"이 여자는 누구죠?"

엘리자베스가 셰이나를 노려보며 물었다.

그러자 다시 바닥에 엎드려 있던 셰이나가 조심스럽게 고개를 들어 올렸다.

그 순간.

"……!"

엘리자베스의 눈이 크게 치떠졌다. 셰이나의 모습에서 자신도 모르게 동질감을 느낀 것이다.

물론 셰이나와 엘리자베스는 생김새가 전혀 달랐다.

엘리자베스는 누가 봐도 반할 만큼 아름다운 반면 셰이나는 예쁘장한 얼굴이었지만 그 아름다움이 딱히 도드라지지 않았다.

그뿐만 아니라 체형과 머리카락 색깔, 피부, 눈동자의 색에 이르기까지 엘리자베스와 셰이나는 공통점이라고는 찾아보기 어려웠다.

그러나 마계의 황녀인 엘리자베스는 다른 이들이 보지 못하는 걸 볼 수 있었다. 바로 영혼.

놀랍게도 셰이나의 영혼에서는 자신의 영혼과 너무나도 흡사한 무언가가 느껴졌다.

"너! 정체가 뭐야?"

엘리자베스가 자신도 모르게 소리쳤다.

마족도 아닌 인간이 자신과 비슷한 영혼을 가지고 있다는 사실만으로도 그녀는 감정을 억누를 수가 없었다.

그러자 셰이나가 냉큼 몸을 낮추며 혼잣말처럼 작게 대답했다.

"저는 …님의 하녀입니다."

"…뭐라고?"

"저는 로에린 님의 하녀입니다."

"……!"

깜짝 놀란 엘리자베스의 눈이 크게 떠졌다.

설마하니 셰이나의 입에서 다른 이도 아닌 어머니의 이름이 나올 것이라고는 조금도 예상하지 못한 얼굴이었다.

그때였다.

후아아앗!

갑자기 집무실 안이 크게 일렁거리더니 순식간에 시간이 멈춰 버렸다. 그리고 잠시 후 공간이 찢어지면서 운명의 여신 체이르가 모습을 드러냈다.

"체이르 님. 이게 무슨 소리죠?"

엘리자베스가 셰이나를 대신해 체이르를 채근했다.

운명의 여신인 그녀라면 셰이나가 하는 말이 무슨 의미인지 전부 알고 있을 것이라고 여겼다.

"엘리자베스. 너무 놀라지 마세요. 그리고 셰이나를 핍박하지 마세요. 그녀는 정말로 로에린이 레이샤드를 위해 예비한 사람입니다."

체이르는 엘리자베스를 다독거린 뒤 그녀에게 로에린과 셰이나의 관계에 대해 천천히 설명을 해주었다.

크로노스 왕국의 재건을 위해 마신 크라우스의 청혼을 받아들였지만 로에린이 그토록 사랑한 나라는 이미 폐허가 되어버렸다.

마계에서 흘러나온 시커먼 마기가 퍼져 나가면서 크로노스 왕국은 더 이상 인간들이 살 수 없는 땅으로 변해 버렸다.

"크라우스 님. 제발 저희 왕국을 구해주세요."

로에린은 몇 날 며칠을 울며 크라우스에게 애원했다.

크라우스가 마음만 먹는다면 크로노스 왕국을 원래대로 되돌려 놓을 수 있다고 여긴 것이다.

그러나 중간계의 일은 제아무리 마신이라 하더라도 함부로 관여할 수가 없었다.

그것은 주신이 정해놓은 절대적인 규칙이었다. 그 규칙을 깨려 한다면 천계의 천신들이 가만있지 않을 터였다.

"크로노스 왕국을 예전처럼 되돌리는 건 불가능한 일이오. 그러나 상심하지 마시오. 로에린. 그대와의 약속을 지키기 위해서라도 내 기필코 크로노스 왕국을 다시 세울 것이오."

크라우스는 크로노스 왕국 재건을 위해 약간의 시간이 필요하다고 말했다. 그리고 그 긴 시간을 로에린이 어떻게든 버텨주길 바랐다.

그러나 마신인 크라우스의 시간과 인간 출신인 로에린의
시간은 달랐다.

마신에게 있어 100년, 200년의 시간은 그리 길지 않은 시
간이었다. 그러나 인간에게 100년은 일생보다도 긴 시간이
었다.

크라우스를 통해 반마신(마신의 피를 통해 마신화가 된 몸)
이 되었지만 엘리자베스를 출산하면서 로에린의 몸은 빠르
게 무너져 내렸다.

크라우스가 로에린을 온전한 마신으로 만들려 했지만 로
에린은 고개를 흔들었다. 그리고 자신과 지키지 못한 약속
을 엘리자베스를 통해 지켜 달라고 부탁했다.

그러면서 로에린은 언제고 엘리자베스가 자신의 뜻을 이
어 크로노스 왕국의 재건에 나설 때 도움이 되도록 자그마
한 배려의 씨앗을 심어 놓았다. 바로 자신의 영혼을 쪼개어
새로운 인격을 만들어낸 것이다.

그것이 바로 셰이나였다.

영혼을 통해 로에린의 의지를 전해 받은 셰이나는 폭풍
의 용병단을 창설하고 언제고 자신의 주인이 찾아올 날을
기다렸다.

그리고 레이샤드를 본 순간 셰이나의, 아니, 로에린의 영
혼은 레이샤드가 자신이 기다려 왔던 주인임을 단번에 알

아본 것이다.

"그러니까 이 아이의 영혼이… 어머니의 영혼이란 말인가요?"

체이르의 설명을 들은 엘리자베스는 머릿속이 복잡해졌다. 눈앞의 셰이나를 어떻게 받아들여야 할지 판단이 서질 않은 것이다.

하찮은 인간으로 여기기에 그녀의 영혼 속에는 어머니인 로에린의 영혼이 들어가 있었다. 그렇다고 고작 일부에 불과한 어머니의 영혼 때문에 셰이린을 어머니처럼 여길 수도 없는 노릇이었다.

그런 엘리자베스의 고민을 이해한 것일까.

"셰이나는 로에린이 아니에요. 로에린의 영혼 중 일부가 들어 있기는 하지만 그것을 로에린이라고 할 수는 없어요."

체이르가 명확하게 셰이나의 영혼에 대해 설명해 주었다.

"알겠어요."

엘리자베스가 이내 고개를 끄덕거렸다.

셰이나가 어머니인 로에린과 별개의 존재라면 그녀를 대하는 것도 한결 편해질 것 같았다.

그러나 셰이나를 어떻게 받아들여야 하는지에 대해서는 여전히 고민스럽기만 했다.

"로에린은 혹시라도 크로노스 왕국을 재건해야 하는 자신의 뜻이 제대로 전해지지 않을까봐 걱정했어요. 크라우스나 엘리자베스를 믿지 못하는 건 아니겠지만 인간이다 보니 만약의 상황에 대비하고 싶었나 봐요."

체이르가 로에린을 대신해 그녀의 입장을 전했다.

운명의 여신과 마후(최고 마신인 크라우스의 아내를 지칭하는 표현. 현재는 공석이나 과거에는 로에린이 마후로 불렸다)의 관계를 떠나 둘은 무척이나 가까운 존재였다.

틈만 나면 로에린의 처소에 체이르가 찾아 와서 크라우스가 불편함을 호소할 정도였다. 그렇다 보니 체이르는 로에린과 그녀의 속내에 대해 다른 누구보다 잘 알고 있었다.

"그럼 제가 어떻게 하면 되는 거죠?"

엘리자베스가 직설적으로 물었다.

어머니 로에린의 뜻은 잘 알겠지만 셰이나는 그녀의 계획 밖의 존재였다.

그녀를 단순히 로에린의 하녀라는 이유만으로 받아들이고 싶지 않았다.

그러자 체이르가 안타까운 표정을 지어 보였다.

"엘리자베스. 로에린을 이해해 줘요. 그리고 셰이나를 불쌍히 여겨줘요. 로에린은 어떻게든 엘리자베스와 크로노스 왕국의 재건에 도움을 주고 싶어 했어요. 엘리자베스를 믿지 못했던 건 서운하겠지만 죽음을 앞둔 로에린에게는 선택의 여지가 많지 않았답니다. 그런 로에린의 사정도 이해해 줘요."

체이르는 엘리자베스의 불쾌한 심정을 충분히 이해했다.

엘리자베스가 태어난 지 얼마 되지 않아 죽게 된 로에린이 남긴 유언은 크로노스 왕국을 재건해 달라는 것이었다. 그래서 엘리자베스는 마황녀로 인정받은 순간부터 어머니인 로에린의 유지를 받들기 위해 살아왔다.

그런데 정작 어머니 로에린은 자신을 믿지 못하고 대륙에 또 다른 안배를 해놓았다.

그것도 자신의 영혼의 일부를 쪼개면서까지 말이다.

만일 로에린이 영혼의 일부를 쪼개지 않았다면 그렇게 일찍 죽지 않았을 것이다.

평소 어머니의 죽음을 슬퍼하고 그리워했던 엘리자베스에게 있어서 로에린의 선택은 쉽게 이해가 되지 않을 것이다.

그러나 죽음이 임박한 상황에서 무언가 자신의 뜻을 남겨야만 했던 로에린의 절박함을 감안한다면 무작정 그녀를 탓할 수도 없는 일이었다.

"엘리자베스, 감정을 가라앉히고 냉정히 생각해 봐요. 셰이나는 폭풍의 용병단의 주인이나 마찬가지예요. 지금 그녀를 취한다면 폭풍의 용병단을 온전히 얻을 수 있어요."

체이르가 다시 한 번 엘리자베스를 설득했다.

엘리자베스가 폭풍의 용병단을 손에 넣을 계획을 세웠다는 사실을 모르지 않지만 그 계획 안에 셰이나가 포함되지 않는다면 폭풍의 용병단을 온전히 얻을 수 없게 된다.

그럴 경우 폭풍의 용병단을 통해 빠르게 영지를 안정시키려는 레이샤드의 바람이 수포로 돌아갈 수도 있었다.

"하아……."

엘리자베스가 길게 한숨을 내쉬었다.

자신을 믿지 못한 어머니가 야속하긴 했지만 그렇다고 그녀가 남긴 셰이나를 이대로 외면하는 것도 쉽지 않았다.

"알겠어요. 일단 저 아이를 받아들이겠어요."

"고마워요, 엘리자베스."

"단, 저 아이를 어찌할지는 전적으로 제 뜻대로 할 거에요. 그러니까 더 이상은 체이르 님도 간섭하지 마세요."

어렵게 결정을 내린 엘리자베스가 단호한 목소리로 말했다.

제아무리 마황녀라 하더라도 열두 마신 중 하나이자 모든 이들의 운명을 주관하는 체이르에게 함부로 굴 수는 없었다.

하지만 체이르는 엘리자베스의 요구를 선선히 받아들였다.

엘리자베스와 이렇게 대립하는 것 자체도 그녀가 주관하는 운명의 일부이기 때문이었다.

후우우웅!

일렁거리는 차원의 틈으로 체이르가 천천히 걸어 들어갔다.

그리고 잠시 후, 멈췄던 시간이 다시 원상태로 되돌아왔다.

조금 전까지만 해도 폭발할 것 같았던 엘리자베스의 얼굴은 더없이 차분하게 변해 있었다.

그러나 시간의 멈춤 속에 있었던 다른 이들은 여전히 그 상황 속에서 벗어나지 못했다.

"레이, 아무래도 이 아이. 나와 관련이 있는 것 같아요."

엘리자베스가 애써 태연한 얼굴로 말했다.

인정하고 싶지 않지만 셰이나의 영혼 속에 어머니 로에린의 영혼과 의지가 담겨 있다면 그녀를 이대로 배제시키기는 어려울 것 같았다.

그런 엘리자베스의 속마음을 읽은 것일까.

"감사합니다, 엘리자베스 님."

셰이나가 엘리자베스를 향해 다시 한 번 깊숙이 몸을 굽혔다.

2

"허! 대체 이게 무슨 일이란 말입니까."

안티몬은 화가 났다. 다른 사람도 아니고 셰이나가 이런 식으로 자신들을 배신하리라고는 생각지도 못한 얼굴이었다.

그것은 라시아이언도 마찬가지였다.

"주인님이라니! 주인님이라니! 셰이나 님이 영주에게 그렇게 말하면 대체 우리는 뭐가 되는 거야?"

라시아이언을 비롯해 폭풍의 용병단과 그들의 가족들은 셰이나를 어머니처럼 여기고 있었다. 비록 나이는 어려 보이지만 그녀의 능력은 E급 용병단에서 시작했던 폭풍의 용병단을 단시간에 제국 최고의 용병단으로 만들어냈다.

그중에서도 라시아이언은 셰이나를 특히나 더 따랐다.

그녀가 맡긴 일이라면 무엇이든 해내려고 노력했다. 그런 열정을 인정받아 라시아이언은 고급 마나 익스펀을 전해 받고 마스터의 경지에 오를 수 있었다.

그래서 라시아이언은 레이샤드를 만나기 전에 마음의 준비를 단단히 했다.

레이샤드가 자신들을 하대하는 건 참을 수 있지만 셰이나를 괄시하면 결코 가만있지 않을 생각이었다.

그만큼 셰이나는 폭풍의 용병단의 전부이자 상징 같은 존재였다. 그런데 그런 그녀가 레이샤드에게 먼저 머리를 조아렸다. 그리고 주인님이라는 수치스러운 말까지 서슴지 않았다.

"셰이나 님께서 어딘가 아프신 게 틀림없습니다."

안티몬은 셰이나가 제정신이 아닐 것이라고 말했다.

늘 냉정하고 현명하던 셰이나가 조금 전 보여준 모습은 전혀 그녀답지 않았다. 오히려 마치 다른 누군가가 셰이나 인 것처럼 연극을 하고 있다는 표현이 더 어울릴 정도였다.

"헤이나! 너도 뭐라고 말 좀 해봐!"

라시아이언이 잠자코 있는 헤이나에게 화를 냈다.

자신과 안티몬은 이 상황을 받아들이지 못하고 있는데 조금 전부터 헤이나는 무표정한 얼굴로 앉아 있었다. 마치 셰이나의 뜻을 따르기라도 하겠다는 것처럼 말이다.

아니나 다를까.

"너희들은 아니겠지만 나는 셰이나 님을 믿어. 그러니까 너희의 감정을 나에게 강요하지 마."

헤이나가 냉정하게 잘라 말했다.

안티몬과 라시아이언의 심정을 모르는 바는 아니지만 자신까지 동조하고 싶은 마음은 조금도 없었다.

헤이나도 처음에는 갑작스러운 셰이나의 말과 행동에 큰

충격을 받았다.

인간의 형질을 유지하고 있지만 몸에 흐르는 엘프의 피 때문에 용병들 사이에서도 늘 겉돌았던 자신을 보살펴 주고 감싸줬던 건 다름 아닌 셰이나였다. 그래서 헤이나는 셰이나가 하는 일이라면 무엇이든 믿고 따르려 했다. 설사 그것이 자신을 죽음으로 이끈다 하더라도 말이다.

그래서 헤이나는 셰이나가 어째서 레이샤드를 섬기려고 하는지를 미약하게나마 허락된 진실의 눈으로 엿보았다. 그 결과 셰이나가 진심으로 레이샤드를 섬기기를 원하고 있다는 사실을 알게 되었다.

'설마 그때 셰이나 님이 말했던 이야기가 이것이었던 가……'

헤이나는 불현 듯 셰이나가 해주었던 이야기가 떠올랐다.

"언제고 기회가 되면 기회의 땅으로 가 폭풍의 용병단을 영광의 나라로 안내할 참된 주인을 섬기고 따라야 합니다. 그러니 그때가 오면 모두들 나를 믿고 함께해 주세요."

안티몬은 셰이나가 자신의 미래를 예언한 것이라고 말했다.

언제고 셰이나가 큰 나라를 세울 위대한 영웅과 함께할 때 폭풍의 용병단이 건국의 주춧돌이 될 것이라는 뜻이라고 해석했다.

헤이나를 비롯해 폭풍의 용병단 대부분이 안티몬의 말을 신뢰했다. 그리고 스스로에 대해 자부심을 가졌다.

평생 용병으로 싸우다 죽게 될지 모른다고 생각했는데 언제고 나라를 세우는 데 일조하게 된다니. 그보다 더 큰 영광은 또 없을 터였다.

어쩌면 그래서 안티몬과 라시아이언의 실망감이 더 컸을지 몰랐다. 하지만 그건 어디까지나 안티몬의 해석이었을 뿐 셰이나는 지금까지 단 한 번도 그 해석을 인정한 적이 없었다.

만약 셰이나가 예언한 참된 주인이 아베론의 영주인 레이샤드라면, 셰이나가 언급한 기회의 땅이 아베론 영지라면, 그리고 레이샤드가 영광의 나라를 세울 왕이라면!

셰이나의 모든 말들이 정말 이루어진 것이나 다름없었다.

'아베론의 영주가 정말 셰이나 님이 기다려 온 참된 주인이라면 따르는 수밖에 없어.'

헤이나는 이미 셰이나와 함께 하기로 마음의 결정을 내렸다. 그리고 그 마음의 결정은 일족에게서 버림받고 노예

사냥꾼에게 쫓기던 자신을 셰이나가 직접 구해준 그 순간 내린 것이었다.

하지만 안티몬과 라시아이언은 여전히 자신만의 생각과 판단에 빠져 셰이나를 힐난하고 있었다.

그때였다.

쾅당.

요란스럽게 문이 열리더니 사이먼이 들어왔다. 이미 전후 사정을 전해 들은 듯 그의 얼굴은 벌겋게 상기되어 있었다.

"사이먼!"

라시아이언이 잘 왔다며 사이먼을 반겼다.

사이먼의 표정으로 보아 그도 자신과 안티몬처럼 셰이나에게 단단히 화가 난 것이라고 판단했다.

그러나 정작 사이먼이 화가 난 건 셰이나가 아니라 라시아이언과 안티몬이었다.

"너희들이 셰이나 님을 욕하고 헐뜯는 소리가 문 밖에까지 울려 퍼지고 있다. 대체 셰이나 님이 너희에게 뭘 얼마나 잘못하셨기에 이런 모욕을 당해야 하는 거야?"

사이먼이 라시아이언을 향해 눈을 부라렸다.

그 과정에서 뿜어져 나온 짙은 마나가 라시아이언을 매섭게 짓눌렀다.

만약 다른 때 같았다면 라시아이언도 코웃음을 치며 기운을 끌어 올렸을 것이다.

같은 폭풍의 용병단에 소속되어 있지만 라시아이언과 사이먼이 티격태격한 건 어제 오늘의 일이 아니었다.

하지만 라시아이언은 차마 반격을 하지 못했다. 아니 반격을 할 수가 없었다.

'뭐, 뭐야! 이 녀석. 왜 이렇게 강해진 거야?'

놀랍게도 잠시 못 본 사이에 사이먼은 다른 사람이 되어 있었다.

본래 사이먼의 경지는 7레벨 입문(마법 완성의 8단계 중 첫 번째 단계)의 수준이었다.

용병 치고 7레벨에 들어선 마법사들이 없다시피 한 탓에 사이먼을 높게 평가하고 있지만 마스터 초급(검술 완성의 7단계 중 두 번째 단계) 수준을 유지하던 라시아이언보다는 한 수 아래로 평가받고 있었다.

실제로 사이먼도 라시아이언과 늘 대립하면서도 단 한 번도 실제 대결까지 끌고간 적이 없었다.

은연중에 라시아이언이 자신보다 우위에 있다는 사실을 느꼈기 때문이다.

그런데 지금은 달랐다.

사이먼은 이번 기회에 라시아이언의 버릇을 고쳐놓기라

도 하겠다며 매섭게 마나를 뿜어냈다. 그리고 그 마나의 묵직함은 예전의 사이먼과는 비교조차 할 수 없을 정도였다. 그렇다 보니 다혈질로 유명한 라시아이언도 검을 들기는커녕 제대로 된 대응조차 하지 못했다.

"사, 사이먼 님. 일단 진정하십시오."

상황이 또다시 이상하게 돌아가자 안티몬이 냉큼 중재를 하고 나섰다.

다른 때 같았다면 사이먼도 슬며시 마나를 거둬들였을 것이다.

폭풍의 용병단의 행정 업무뿐만 아니라 세 용병이 잘 지내도록 중재를 하는 게 안티몬의 역할이었다.

그러나 사이먼은 안티몬의 말을 들어주지 않았다. 아니, 들어줄 생각 자체가 없었다. 자신의 귀에 들릴 만큼 셰이나를 험담하고 헐뜯은 건 라시아이언만이 아니었다.

안티몬도 듣기 거북한 말을 서슴지 않았다.

"그 입 다물어!"

사이먼의 날선 눈빛이 안티몬에게 향했다. 순간 안티몬이 컥 하고 비명을 터뜨렸다.

라시아이언처럼 검술을 익힌 게 아니다 보니 사이먼의 마나에 큰 충격을 받은 것이다.

만일 그때 헤이나가 나서지 않았다면 이들이 머물던 휴

게실은 엉망진창이 되어버렸을 것이다.

"그만해. 그리고 진정해!"

헤이나가 정령의 기운을 끌어 올리며 소리쳤다. 그저 말뿐인 게 아닌 듯 그녀의 머리 위로 바람의 고위 정령이 빠르게 모습을 드러내기 시작했다.

"제길!"

헤이나까지 나서자 사이먼이 이내 분을 삼켰다.

상대가 라시아이언 한 명이면 끝장을 보겠지만 유일하게 셰이나를 믿고 따라 준 헤이나까지 적으로 돌리고 싶지는 않았다.

"너희들, 대체 무슨 생각인 거야?"

사이먼의 기세에 눌려버린 라시아이언이 당혹스러운 표정을 지었다.

헤이나야 그렇다 치더라도 사이먼까지 셰이나의 편을 들 줄은 몰랐다는 표정이었다.

그러자 사이먼이 보란 듯이 코웃음을 쳤다.

"셰이나 님께서 예전에 하셨던 말씀을 벌써 잊은 건가? 셰이나 님은 분명 폭풍의 용병단이 참된 주인을 섬겨야 한다고 말했다. 그리고 셰이나 님은 레이샤드 님을 참된 주인으로 선택하셨다. 그런데 이제 와서 셰이나 님의 결정을 따르지 않겠다고? 그렇다면 폭풍의 용병단을 나가라. 단! 네가 지금까지 누렸던 모든 것을 포기해야 한다는 걸 잊지 마라."

사이먼이 날선 목소리로 말했다.

다행히도 그 역시 헤이나처럼 세이나의 말을 똑똑히 기억하고 있었다.

그러자 안티몬이 떨리는 목소리로 물었다.

"그, 그러니까 그때 세이나 님께서 말씀하셨던 참된 주인이… 레이샤드 황자란 말입니까?"

"두 눈으로 직접 보고도 몰랐단 말이오? 세이나 님께서 레이샤드 님을 주인으로 받아들였는데 또 다른 참된 주인이 어떻게 있을 수 있단 말이오?"

"아아……."

안티몬은 그제야 자신이 큰 실수를 했다는 사실을 깨달았다.

세이나의 말을 용병들이 이해하기 쉽게 옮겨주는 과정에서 자신의 생각과 판단을 집어넣은 걸 자신도 모르게 진실이라 착각해 버린 것이다.

사이먼의 말처럼 참된 주인을 선택하는 건 세이나의 몫이었다. 그리고 세이나의 선택을 존중하고 따르는 게 폭풍의 용병단이 할 일이었다.

그런데 안티몬은 자신의 생각과 기대만 앞세워 세이나의

선택을 부정해 버렸다. 그것도 일반 용병이 아닌, 폭풍의 용병단을 직접 운영하는 4대 용병 중 한 사람이 말이다.

"제길! 그런 거면 진즉 말해주면 좋잖아!"

라시아이언도 뒤늦게 자책하듯 말했다.

감정이 격해진 나머지 셰이나가 자신들에게 해주었던 말을 까맣게 잊어버리고 있었다.

물론 그렇다고 해서 셰이나의 결정을 무조건 받아들일 수 있는 건 아니었다.

여전히 셰이나가 레이샤드 같이 어린 영주를 주인으로 선택했다는 사실은 납득하기 어려웠다.

하지만 라시아이언도 사이먼의 말처럼 모든 걸 내버리고 폭풍의 용병단을 떠날 마음은 없었다.

사이먼이 말했던 모든 것의 속에는 돈과 그동안 누려왔던 용병의 지위만 포함되어 있는 게 아니었다. 셰이나에게 받았던 검술까지 포함되어 있었다.

셰이나가 준 마나 익스핀과 고급 검술서를 버린다고 해서 검술 실력이 사라져 버리면 좋겠지만 그럴 리 없었다. 그렇다면 결국 스스로 마나 홀을 파괴하고 폭풍의 용병단을 떠나야 했다.

'그럴 수는 없지.'

다소 다혈질이긴 했지만 라시아이언은 생각보다 계산적

인 사내였다.

셰이나를 따르는 것과 그렇지 않는 것의 손익을 따져 봤을 때 폭풍의 용병단을 떠나는 쪽이 더 큰 손해라는 걸 모르지 않았다.

만약 헤이나 한 명만 셰이나의 편을 드는 것이었다면 라시아이언은 끝까지 자신의 뜻을 꺾지 않았을 것이다. 하지만 사이먼에 이어 안티몬마저 셰이나에게 동조하고 나선 이상 더 이상의 반대는 무의미해 보였다.

"그런데 셰이나 님께서는 지금 어디 계시는 거죠?"

분위기가 정리되자 헤이나가 걱정스럽게 말했다.

셰이나는 조금 전 엘리자베스를 따라 방을 나선 상태였다.

그러자 사이먼이 걱정할 것 없다며 대답했다.

"셰이나 님은 지금 그분들과 함께 계십니다."

"그분들이라니요?"

"우리가 감히 상상할 수조차 없는 위대한 분들이십니다."

사이먼이 자신이 보고 듣고 느낀 바를 솔직히 말했다.

그 순간.

"아……!"

무언가를 깨달은 헤이나의 입에서 탄성이 터져 나왔다.

3

폭풍의 용병단이 모여 든 휴게실이 한바탕 소란스러웠던
그 시각.

"아스, 자리를 비켜줘."

엘리자베스는 아스타로트를 비롯한 모든 마족들을 방 밖
으로 내보내고 셰이나와 단 둘만의 시간을 가졌다.

"하아."

셰이나를 향한 엘리자베스의 시선은 여전히 편치가 않았
다. 차라리 셰이나가 어머니 로에린의 환생체였다면 이렇
게 생각이 복잡하지 않았을 것이다.

그러나 애석하게도 셰이나는 로에린의 영혼의 일부만을
물려받았을 뿐이었다.

"내가 누구인지 알고는 있겠지?"

엘리자베스가 다소 날선 목소리로 물었다.

만약 셰이나가 로에린의 영혼 속에 포함되어 있는 생각
과 기억을 받아들였다면 당연히 자신의 존재를 알 것이라
판단했다.

아니나 다를까.

"위대한 마계의 황녀이신 엘리자베스 님을 뵙습니다."

셰이나가 마계의 예법에 맞춰 엘리자베스 앞에 몸을 낮췄다.

"하아……."

엘리자베스는 다시 한숨을 내쉬었다. 지금 셰이나가 보여준 말과 행동은 마계의 족속이 아니고서야 알 수 없는 것들이었다.

그렇다는 건 로에린의 기억 중 상당 부분이 셰이나에게 흘러들어 갔다는 의미다. 어쩌면 셰이나를 어머니로 여겨야 하는 일이 생길지도 모를 일이었다.

그러나 운명의 여신 체이르의 말처럼 셰이나는 로에린의 영혼의 일부를 품었다고 해서 엘리자베스의 어머니 노릇을 하고 싶은 마음이 추호도 없었다.

애당초 로에린이 셰이나를 준비시킨 것은 엘리자베스가 그녀로 하여금 크로노스 왕국의 재건을 위해 준비된 자를 돕도록 하기 위함이었다.

"편히 말씀하세요, 엘리자베스 님. 저는 로에린 님의 하녀이며 엘리자베스 님의 하녀입니다."

셰이나가 몸을 낮추며 말했다. 조금 전에는 보는 이들이 많아 말을 아꼈지만 그녀는 로에린을 섬겼듯 엘리자베스를 섬길 준비가 되어 있었다.

덕분에 엘리자베스도 마음이 한결 가벼워졌다.

셰이나의 몸속에 들어 있다는 어머니 로에린의 영혼의 조각이 얼마나 큰지는 모르겠지만 스스로 하녀이길 자청한 만큼 하녀로 대할 수밖에 없었다.

"어머니께서는 어째서 널 준비시키신 거지?"

엘리자베스가 가장 궁금했던 것을 물었다.

죽는 그날까지 자신의 손을 잡고 크로노스 왕국의 재건을 부탁했던 로에린이 어째서 셰이나같이 하찮은 인간을 준비시켰는지 이해가 가지 않았다.

그러자 셰이나가 조심스럽게 입을 열었다.

"로에린 님께서는 엘리자베스 님께서 레이샤드 님을 직접 돕지 못할 것이라고 생각하셨습니다. 마계의 황녀이신 엘리자베스 님이 중간계로 움직이신다면 신계 전체가 소란스러워질테니까요."

엘리자베스는 로에린의 아름다움과 최고 마신이자 마계의 주인인 크라우스의 강함과 교활함을 전부 빼닮았다.

그래서 항간에는 크라우스가 언제고 소멸하게 되면 그 뒤를 엘리자베스가 물려받을지 모른다는 말들이 나돌고 있었다.

하지만 로에린은 어린 엘리자베스가 어떻게든 중간계로 내려갈 방법을 생각해 낼 것이라는 기대를 하지 못했다.

크라우스의 피를 물려받아 태어난 지 하루 만에 어른의

모습으로 성장하긴 했지만 아직 어린 아이나 마찬가지인 엘리자베스에게 너무 많은 짐을 물려주고 싶지 않았던 것이다.

그래서 로에린은 만약을 대비하기에 이르렀다.

육신이 소멸되기 시작한 이상 머지않아 영혼마저 소멸되고 말 터. 그전에 자신의 영혼의 일부를 잘라내어 엘리자베스를 도울 준비를 한 것이다.

셰이나는 그렇게 태어났다. 그리고 지금껏 엘리자베스와 레이샤드를 돕기 위해 폭풍의 용병단을 양성하며 때를 기다려 왔다.

그러나 애석하게도 엘리자베스는 직접 중간계에 내려올 수 있는 방법을 찾아내어 버렸다. 그것도 열두 마신의 유일한 유희나 마찬가지인 시험의 궁을 건드리면서까지 말이다.

"하아."

전후 사정을 전해들은 엘리자베스가 무겁게 한숨을 내쉬었다.

자신이 태어난 지 고작 열흘 만에 로에린은 죽었다. 그 시간이 무척이나 짧았기 때문에 마계에서는 엘리자베스를 낳다가 로에린이 죽은 것으로 알려져 있었다.

그래서 엘리자베스도 로에린에 대한 이야기를 크라우스

나 운명의 여신 체이르를 통해 전해 들어야 했다. 그리고 두 마신은 로에린에 대해 늘 좋은 이야기만 해주었다.

인간이기 때문에 나약하고 걱정이 많으며 조바심을 냈다는 이야기는 단 한 번도 해주지 않았다.

하지만 그렇다고 해서 엘리자베스는 로에린이 실망스럽지 않았다. 오히려 죽는 와중에도 크로노스 왕국의 재건이라는 염원을 잊지 않았던 그녀를 높이 평가했다.

다만 크로노스 왕국 재건의 방식은 전적으로 자신의 뜻대로 할 생각이었다. 로에린이 셰이나를 준비시켜 놓았다고 해서 셰이나에게 주도권을 양보할 생각은 없었다.

"그래서? 너는 뭘 어떻게 할 생각이지?"

엘리자베스가 단도직입적으로 물었다.

크로노스 왕국 재건을 준비해 왔다는 셰이나의 생각을, 정확하게는 그녀의 생각 속에 잠재되어 있는 로에린의 생각을 알고 싶었다.

"로에린 님께서는 제게 준비하라고만 하셨습니다. 언제고 엘리자베스 님께서 참된 주인을 만나게 해주실 테니 그때까지 기다리고 또 기다리라고 하셨습니다."

셰이나가 바짝 몸을 낮추며 대답했다. 비록 로에린의 영혼을 품고 있긴 하지만 그녀는 일개 하녀일 뿐이었다.

하녀는 선택하고 결정할 수 있는 존재가 아니었다. 주인이 내려 준 임무를 따르며 새로운 임무를 기다리는 존재였다.

"제가 어떻게 하길 바라십니까."

셰이나가 엘리자베스를 올려다보며 물었다. 현재 그녀의 주인은 로에린이 아니라 엘리자베스였다. 지금껏 갈 길을 예비해 줬던 로에린이 남긴 영혼은 엘리자베스를 만난 순간 어딘가로 사라져 버렸다. 그리고 앞으로의 일은 엘리자베스에게 묻고 그녀의 말을 따르라고 말했다.

셰이나는 엘리자베스가 시키는 일이면 무엇이든 다 할 생각이었다. 그것이 하녀로 예비된 자신의 운명이라고 받아들였다.

그러나 엘리자베스는 셰이나가 생각하는 것처럼 너그러운 주인이 아니었다.

그 외모만큼은 로에린을 쏙 빼닮았지만 그녀의 본성은 마신 크라우스와 흡사했다.

"좋아. 이제부터 너는 레이의 옆에 머무르며 레이의 대업을 도와라."

셰이나를 빤히 내려다보던 엘리자베스가 어렵게 결정을 내렸다. 그러자 셰이나가 감격에 찬 표정을 지어 보였다.

새로운 주인인 엘리자베스에게 인정을 받았으니 이보다 더 기쁜 일은 없었다.

하지만 엘리자베스의 말은 아직 끝난 게 아니었다.

"단, 너는 레이의 여자가 될 수 없어. 당연히 레이의 아이를 가져서도 안 되고. 그 점 명심하도록 해."

"······!"

순간 세이나의 눈매가 파르르 떨렸다.

설마하니 엘리자베스가 그토록 잔인한 명령을 내릴 줄은 몰랐던 것이다.

엘리자베스에게 고하지는 않았지만 로에린이 세이나를 만든 가장 큰 이유는 다름 아닌 크로노스 황실의 핏줄을 잇기 위해서였다.

일부이긴 하지만 로에린은 자신의 영혼을 주입해 세이나를 크로노스 황실의 후예로 인정했다. 그리고 세이나를 통해 크로노스 황실의 대를 이을 생각이었다.

그러나 엘리자베스는 크로노스 왕국의 재건을 위해 크로노스 황실의 핏줄을 이용할 생각이 전혀 없었다.

크로노스 왕국이 어머니 로에린의 조국이자 마신들을 섬겨온 유일한 나라이긴 했지만 그것이 다시 북방의 넓은 땅을 크로노스 황실의 후예들에게 맡겨야 하는 이유가 되지는 않았다.

엘리자베스는 레이샤드를 크로노스 왕국 재건의 적임자로 여겼다. 그렇다고 해서 레이샤드가 크로노스 왕국을 다시 세워주길 바라는 것은 아니었다.

레이샤드는 레이샤드가 원하고 꿈꾸는 나라를 세우면 된다. 단지 예전의 크로노스 왕국처럼 마신들을 섬기며 그들을 기쁘게 해주는 나라를 만들어주면 되는 것이다.

만약 어머니 로에린의 바람대로 레이샤드가 셰이나와 결혼해 아이를 낳고 그 아이가 장차 크로노스 왕국을 대신할 거대한 나라의 주인이 된다면? 레이샤드는 그저 필요에 의해 선택된 희생양이 되고 만다.

엘리자베스는 자신이 선택하고 자신을 선택해 준 레이샤드를 그렇게 가엽게 만들고 싶지 않았다.

"너는 지금까지 살아왔던 것처럼 성녀로 살아야 해. 레이가 힘들 때 위로해 주고 조언이 필요할 때 나나 크라우스님의 뜻을 대신 전하면 되는 거야."

엘리자베스가 셰이나의 역할을 제한했다.

셰이나는 레이샤드를 만나 여자로서 사랑받고 싶어 하겠지만 엘리자베스는 그걸 용납할 생각이 조금도 없었다.

"알겠습니다, 주인님."

애당초 거부할 권한도 용기도 없는 셰이나는 엘리자베스의 잔인한 명령을 받아들일 수밖에 없었다. 그렇게 셰이나로부터 시작된 작은 소동은 그녀를 대신전의 성녀로 받아들이는 것으로 마무리가 되었다.

4

엘리자베스는 레이샤드에게 셰이나가 마신 크라우스의 부름을 받고 레이샤드를 섬기기 위해 달려온 성녀라고 설명했다.

이미 한차례 대신관인 카시아스를 겪어봤기 때문에 레이샤드도 별다른 의심 없이 고개를 끄덕였다.

"그럼 셰이나는 대신전에 머무르는 거예요?"

"그래요. 아직 중앙 신전은 완성되지 않았지만 신관들이 머물 집은 공사가 끝나가니까요. 당분간은 성에 머무르게 한 뒤에 공사가 마무리되는 대로 신전으로 보낼 생각이에요."

엘리자베스가 웃으며 말했다. 그러나 그녀의 결정은 예쁜 미소와는 반대로 냉정하기만 했다.

"그런데 레이. 기사단은 어떻게 하기로 했어요?"

엘리자베스가 슬며시 화제를 바꿨다.

라미레스 후작가의 이주민들이 아베론 영지로 넘어온 다음 유르스는 자신을 따르겠다는 기사 300명과 함께 레이샤드의 앞에 나타났다. 그리고 레이샤드에게 아베론 기사단을 만들게 해달라고 청했다.

비록 마족이 득실거리는 아베론 영지에서는 기를 펴지 못하고 있지만 유르스는 대륙에 많지 않은 마스터였다. 그리고 그를 따라 온 300명의 기사는 하나같이 오러 나이트 이상의 실력을 가지고 있었다.

이 정도 규모면 주변의 백작가와 비교해 봐도 부족하지 않을 정도였다. 아니, 오히려 세 백작가가 부러워할 정도였다.

하지만 아돌프는 쉽게 결정을 내릴 수 있는 문제가 아니라고 말했다.

아베론 영지가 비록 대륙 어디에도 소속되어 있지 않은 곳이기는 하지만 그렇다고 마음대로 기사단을 창설할 수는 없기 때문이었다.

기사단의 문제는 폭풍의 용병단과는 별개의 일이었다.

용병들이야 이익에 따라 움직이는 이들이지만 기사들은 달랐다. 한 번 주인을 섬기면 죽을 때까지 섬기는 게 그들의 습성이었다.

만약 레이샤드가 폭풍의 용병단에 이어 기사단까지 창설한다고 하면 대륙이 발칵 뒤집힐 것이다.

아무런 이유도 없이 갑작스럽게 용병을 끌어들이고 기사력을 갖추겠다는 건 결국 전쟁을 해보겠다는 소리나 다를 게 없었다.

그렇다고 자신을 믿고 찾아온 이들을 이대로 나 몰라라 할 수도 없었다.

유르스야 이미 레이샤드를 주인으로 섬겼으니 상관없겠지만 라미레스 후작가를 떠나 온 300명의 기사는 달랐다.

만약 레이샤드가 인정해 주고 받아들여 주지 않는다면 결국 그들은 대륙을 떠도는 유랑 기사로 전락할 수밖에 없었다.

"나도 그 일 때문에 계속 고민 중이에요."

레이샤드가 무겁게 한숨을 내쉬었다.

유르스와 300명의 기사를 이대로 놓칠 수는 없지만 그렇다고 무작정 받아들이지도 못하는 현실이 그저 답답하기만 했다.

그러자 엘리자베스가 기다렸다는 듯이 말을 이었다.

"레이, 간단하게 생각해요. 기사단을 창설하면 주변 영지에서 오해를 할까 봐 걱정하는 거잖아요? 그럼 그들에게 기사단을 창설해야만 하는 이유를 만들어주는 게 어때요?"

"기사단을 창설해야 하는… 이유요?"

"네, 이를테면 어둠의 땅에서 온 마물들이 아베론 영지를 넘어 대륙으로 내려왔다거나 하는 이유 말이에요."

"……!"

순간 레이샤드의 두 눈이 크게 떠졌다.

기사단을 창설하고 싶은 마음은 사실이지만 그렇다고 마물들을 풀어 다른 영지들에게 피해를 입히자니 그건 도저히 받아들일 수가 없는 이야기였다.

하지만 때로는 대를 위해 소를 희생해야 하는 경우가 있었다.

모든 일에 정도만 따진다면 결국 아베론 영지는 평생 달라지지 않을 터였다.

"레이, 너무 걱정하지 마요. 라인하르트가 있으니까 그저 겁을 주는 정도에서 끝낼 수 있어요."

엘리자베스가 나긋한 목소리로 레이샤드를 설득했다.

레이샤드가 달가워하지 않는다는 걸 모르지는 않지만 이 방법 이외에 아베론 영지가 정당하게 기사단을 얻는 방법은 없었다.

"알겠어요. 대신 다른 사람들에게 피해를 주지 않겠다고 약속해 줘요."

레이샤드가 조건을 내걸었다.

평범한 마법사라면 상당히 어려운 부탁이겠지만 라인하르트라면 충분히 가능해 보였다.

"알았어요. 그렇게 할게요."

엘리자베스가 웃으며 고개를 끄덕였다. 아직 몸도 마음도 다 자라지 않은 레이샤드에게 필요 이상의 부담감을 안겨주고 싶지는 않았다.

5

　엘리자베스의 명령을 받은 라인하르트는 곧장 백터 백작령의 북쪽에 위치한 하일로 마을로 향했다.

　하일로 마을은 아베론 영지와 인접한 탓에 고작 100여 가구만 사는 작은 곳이었다. 그리고 아직까지도 아베론 영지에서 마물이 내려올지 모른다는 두려움에 떨고 있는 곳이기도 했다.

　제국 학회에서 크로노스 왕국에 열렸던 마계의 문은 완전히 닫혔으며 그때 쏟아져 나온 마물들도 대부분 소멸했을 것이라고 결론을 내렸지만 그 사실을 아는 이들은 많지 않았다. 오히려 하일로 마을의 주민들처럼 크로노스 왕국의 멸망을 어제 일처럼 여기며 살아가는 이들이 더 많았다.

　그리고 이런 곳이야말로 작은 소문을 크게 부풀리기에 좋은 곳이었다.

　"어디 한번 시작해 볼까?"

　몸을 가린 채 허공에 올라 하일로 마을을 내려다보던 라인하르트가 슬쩍 입가를 비틀어 올렸다.

　하일로 마을은 물론이고 아베론 영지 주변의 영지들을

전부 짓밟아 버리라는 명령이었다면 더 좋았겠지만 오랜만에 인간들의 두려움과 공포를 구경하는 것도 나쁘지 않은 일이었다.

"자, 가서 실컷 놀아봐라."

라인하르트가 두 마리의 마물을 향해 명령을 내렸다. 그러자 마물들이 요란스럽게 울어대더니 하일로 마을을 향해 매섭게 내달렸다.

그와 동시에 하늘에서 번쩍 하고 빛이 터져 올랐다.

만에 하나라도 라인하르트가 마물을 이용해 인간들에게 피해를 입힌다면 결코 가만있지 않겠다는 천계의 경고였다.

그러나 라인하르트도 그 정도로 생각이 없지는 않았다.

엘리자베스가 원하는 건 마물을 이용해 북부 대륙에 소문을 내는 것이다.

아베론 영지를 지나쳐 온 마물이 북부 대륙으로 내려왔다는 그 소문 말이다.

그래서 라인하르트는 자신이 마계에서 잡아들여 사육시킨 마물들을 중간계에 풀어 놓았다.

그 녀석들이라면 설사 인간들의 공격을 받더라도 쓸데없는 짓을 저지르지 않을 것이기 때문이었다.

6

크아앙!

크아아앙!

갑작스럽게 울려 퍼진 마물들의 울음소리에 잠잠하던 하일로 마을이 발칵 뒤집혔다.

"마물입니다!"

"마물이 틀림없습니다!"

마을 주민들이 달려와 촌장에게 마물이 나타났다고 알렸다. 그것도 한 명이 아니라 여러 명이 마물의 모습을 목격했다. 그렇다 보니 촌장도 지체하지 않고 시반 성(백터 백작성 북쪽에 위치한 작은 성)으로 사람을 보냈다.

"시반 성에서 기사들이 올 때까지 우리가 막아야 한다!"

촌장은 마을 주민들을 불러 모아 싸울 것을 주문했다.

마물이 수십 마리라면 모르겠지만 고작 두 마리였다. 게다가 그렇게까지 흉포해 보이지는 않는다고 했다.

어쩌면 대륙을 거슬러 내려오는 동안 약해진 것일 수도 있었다. 그렇다면 이대로 도망치는 것보다는 마을을 지키는 게 옳았다. 이대로 수백 년간 지켜온 마을을 포기할 수는 없는 일이었다.

"싸웁시다!"

"우리의 힘으로 마을을 지킵시다!"

마을의 자경단이 무기를 들고 모여들었다. 그리고 본성에서 파견 나온 병사들과 함께 맹렬하게 마물들과 싸워 나갔다.

크앙! 크아앙!

마치 마을의 모든 것을 집어삼킬 것처럼 으르렁거리던 마물들이 이내 겁을 먹고 도망쳤다.

동시에 하일로 마을 주민들의 입에서 커다란 함성이 터져 나왔다.

제60장

시간은 흐르고 part 1

LORD
RAYSHADE

1

하일로 왕국을 시작으로 아베론 영지와 인접해 있던 12개의 마을에서 마물들이 침입하는 사태가 벌어졌다.

다행히 마물들의 숫자가 적고 상당히 지쳐 있어서 퇴치가 가능했지만 대규모의 마물 무리가 대륙으로 밀고 내려온다면 큰 문제가 아닐 수 없었다.

마물들의 침입 사태로 피해 아닌 피해를 입은 로델 백작(아베론 영지 남동쪽에 위치한 메이샤 왕국 로델 백작령의 주인)과 포인트 백작(아베론 영지 남쪽에 위치한 가우스 왕국 포인트 백작령의 주인), 그리고 백터 백작(아베론 영지 남서쪽에 위치한 보르딘 왕국 백터 백작령의 주인)은 중간 지점에서 모여 회의를 가졌다. 그리고 문제 해결을 위해 왕실의 도움을 받아야 한다는 데 뜻을 모았다.

"지금 즉시 왕실에 도움을 요청하는 게 좋겠습니다."

"맞습니다. 만약 마물들이 지속적으로 영지를 넘본다면 우리들만으로는 감당하기 어렵습니다."

"옳으신 말씀이십니다. 그저 일시적인 일이라고 하기에는 마물들의 침입이 너무 빈번해지고 있습니다. 이 문제를 모두가 제대로 알아야 합니다."

로델 백작과 포인트 백작, 백터 백작은 자국의 왕실에 이 같은 사실을 보고했다. 만에 하나 왕실에서 대단치 않게 반응할 것을 대비해 침입 규모나 피해 사실을 부풀리기까지 했다.

덜컥 겁이 난 세 왕국의 국왕들은 마법 통신을 통해 다시 논의를 시작했다.

다른 나라들과는 달리 세 왕국은 아베론 영지와 인접해 있었다. 만에 하나 아베론 영지에 문제가 생겨서 마물들이 밀고 내려오는 것이라면 북쪽의 영지는 물론이거니와 자국의 안전을 장담하기 어려워진다.

"아무래도 제국에 도움을 청하는 게 좋겠습니다."

"맞습니다. 엄밀히 말해 아베론 영지는 제국의 영지가 아닙니까?"

"아베론 영지를 다스리고 있는 것도 제국의 황족이지요. 그렇다면 제국에서 나서서 이 문제를 해결해야 옳지 않겠습니까?"

세 왕국은 제국에 다시 이 문제를 떠넘겼다.

자신들이 얼마든지 나서서 처리할 수도 있겠지만 그보다는 제국이 대륙적인 차원에서 나서는 편이 여러모로 이롭다고 판단한 것이다.

2

"로델 백작령에 마물들이 나타나다니. 이게 무슨 일이란 말인가?"

세 왕국의 소식을 전해 들은 로베르토 대공은 다급히 알만도를 불러들였다.

다른 곳도 아닌 레이샤드가 있는 대륙 북부에 마물이 나타났다. 어쩌면 레이샤드의 신변에 문제가 생겼을지도 모를 일이었다.

그러나 알만도의 대답은 달랐다.

"빛의 마탑에서는 아베론 영지의 마법진에 아무런 문제

가 없다고 합니다."

"아베론 영지에 아무런 문제가 없다니? 그럼 어떻게 마물들이 남쪽으로 내려왔단 말이냐?"

"그것이… 자세히는 모르겠지만 아마 아베론 영지의 확장된 마법진 때문인 것 같습니다."

"확장된 마법진?"

"얼마 전에 아베론 영지에서 기존의 마법진이 미치는 권역을 확장했다고 합니다. 아마 그 과정에서 확장된 권역 안에 살고 있던 마물들이 남쪽으로 내려온 것 같습니다."

로베르토 대공의 부름을 받기 직전 알만도는 황도에 있는 빛의 마탑의 지부를 찾아가 진상 파악에 나섰다.

빛의 마탑에서는 아베론 영지의 마법진은 아무런 문제가 없으며 마물들의 출현도 일시적일 가능성이 높다고 말했다.

물론 추가적인 마물의 공격을 완전히 배제할 수는 없겠지만 그것으로 대륙 전체가 위험해지는 일은 일어나지 않을 것이라고 설명했다.

하지만 로베르토 대공의 생각은 달랐다.

예전이라면 모르겠지만 지금은 제대로 된 기사단조차 없는 아베론 영지다. 그곳에서 마물이 출현했다는데 안심이 될 리가 없었다.

"그렇다면 폭풍의 용병단이 아베론 영지로 몰려간 것도 이 때문이란 말이냐?"

"아직 정확한 정보가 확인되지는 않았지만 그럴 가능성도 배제하기 어려울 것 같습니다. 어쩌면 영지의 마법진을 확대하는 과정에서 적잖은 마물이 발견되었고 그들을 영지 밖으로 몰아내기 위해 폭풍의 용병단과 거래를 했을지도 모릅니다."

"허……! 너는 그 사실을 어째서 이제야 알았단 말이냐!"

로베르토 대공이 역정을 냈다. 다른 이도 아니고 레이샤드와 관련된 일이다. 그렇다면 수단과 방법을 가리지 않고 정보를 알아내어 자신에게 보고를 하는 게 우선이었다.

그러나 알만도는 아직까지도 제대로 된 보고를 하지 않고 있었다. 아니, 정확하게는 제대로 된 보고를 할 수가 없었다.

아르메스가 밤마다 은밀하게 움직여 아베론 영지 인근의 정보 길드를 통폐합해 만든 비밀 정보 길드, 레드 문은 아베론 영지에 대한 정보들을 철저하게 차단하고 왜곡해 왔다.

본래 정보 길드의 목적은 비싼 값에 신뢰도 높은 정보를 판매하는 것이었지만 레드 문의 목적은 달랐다.

그들의 목적은 아베론 영지에 대한 대륙의 쓸데없는 관

심을 사전에 차단시키는 것이었다.

실제로 알만도는 몇 번이고 레드 문에 아베론 영지에 대한 정보를 요청했다.

처음에는 돈으로, 그다음에는 제국 황실의 이름으로, 그것으로도 부족해서 북부의 고급 정보들까지 던져 봤지만 되돌아온 정보는 소수에 불과했다. 그것도 신뢰도가 높지 않은 것들이 대부분이었다.

그래서 알만도는 차마 로베르토 대공에게 이렇다 할 보고를 하지 못했다. 정확한 정보를 통해 칼슈타트 황제와 맞서고 있는 로베르토 대공에게 잘못된 정보를 줬다간 큰 사달이 날 게 뻔한 상황이었다.

하지만 그렇다고 해서 제국 황실 정보부의 책임자가 보고를 소홀히 했다는 비판에 대해서 자유로울 수는 없었다.

"죄송합니다, 대공 전하."

알만도가 다급히 허리를 굽혔다. 그러면서 로베르토 대공에게 필요한 무언가를 떠올리기 위해 노력했다.

그러다 불현듯 북부에서 건네받은 정보 하나가 떠올랐다.

라미레스 후작가의 기사 일부가 아베론 영지로 향했다고 함.

'그렇게만 한다면······!'

알만도는 순간 눈을 번쩍 떴다. 그러고는 다시 고개를 들고 로베르토 대공에게 한 걸음 다가갔다.

"대공 전하. 그래서 드리고 싶은 말씀이 있습니다."

알만도가 은밀한 목소리로 말했다.

그의 표정을 보아하니 이 상황을 만회할 만한 괜찮은 생각이라도 있는 것 같았다.

"말해봐라."

로베르토 대공이 알만도에게 다시 한 번 기회를 주었다. 그러자 알만도가 기다렸다는 듯이 입을 열었다.

"아베론 영지에 대해 제대로 된 보고를 하지 못한 점에 대해서는 그 어떤 변명도 하지 않겠습니다. 모든 게 다 제 부족함 때문입니다. 하지만 마물의 출현을 무조건 부정적으로만 생각하실 건 아니라고 판단됩니다."

"부정적으로 생각하지 말라니? 지금 제정신으로 하는 말이냐?"

로베르토 대공은 순간 어처구니가 없었다.

다른 것도 아니고 마물이다. 마계의 족속들이다. 그런데 부정적인 생각을 말라니.

알만도의 말을 도저히 이해할 수가 없었다.

그러나 알만도도 인간에게 백해무익한 마물이라는 존재

를 인정하라는 게 아니었다.

마물로 인해 아베론 영지에 득이 될 수도 있다는 이야기를 하려는 것이었다.

"칼슈타트 황제 진영에서 폭풍의 용병단의 움직임을 예의 주시하고 있다는 정보가 들어왔습니다. 하지만 이번 일 때문에 레이샤드 황자를 음해하지는 못할 것입니다."

알만도가 첫 번째 이점을 설명했다.

폭풍의 용병단같이 거대한 조직이 다른 곳도 아닌 아베론 영지로 향했다는데 제국의 주인인 칼슈타트 황제가 모를 리 없었다.

벌써 그의 주변에서는 레이샤드가 반역을 꿈꾸려 한다는 말까지 나돌고 있었다.

하지만 레이샤드가 폭풍의 용병단을 끌어들인 이유가 마물 때문이라면 이야기는 달라진다.

덩달아 대륙 최고라는 폭풍의 용병단이 굳이 아베론 영지에 간 것도 어느 정도 설명이 된다.

"그것이 전부냐?"

로베르토 대공이 퉁명스럽게 물었다.

알만도의 말에 일리가 있었지만 고작 그 정도로 아베론 영지에 대한 불안함이 사라지는 건 아니었다.

칼슈타트 황제가 아베론 영지를 노린다면 로베르토 대공

이 가만히 있지는 않을 것이다. 설사 레이샤드가 반역을 일으켰다며 정보를 조작하더라도 마찬가지였다.

로베르토 대공의 뜻을 꺾지 못하는 한 칼슈타트 황제가 대군을 일으킬 방법은 없었다.

그러나 마물은 달랐다. 마물이 아베론 영지를 노릴지도 모르는 이 상황에서 로베르토 대공이 할 수 있는 일은 아무것도 없었다.

마음 같아서는 제국의 군대를 다시 아베론 영지에 보내고 싶었다. 하지만 그랬다간 필시 칼슈타트 황제가 일을 벌이려 할 것이다.

그런 로베르토 대공의 고충을 알만도도 모르지 않았다. 아니, 오히려 너무나 잘 알고 있었다.

"그럴 리가 있겠습니까? 대공 전하께서도 짐작하시겠지만 폭풍의 용병단만으로 마물이 출현한 아베론 영지가 안전하다고 확신하긴 어렵습니다. 폭풍의 용병단이 대륙 최고의 용병단이라 해도 결국 용병단일 뿐입니다. 게다가 처음에는 대륙 최고의 자리를 유지하기 위해 마물과 싸우겠지만 그 피해가 커진다면 아마 발을 빼버릴 겁니다."

알만도가 로베르토 대공이 우려하는 점을 정확하게 지적했다. 그러자 로베르토 대공의 입에서 분통이 터져 나왔다.

"그래서? 뭘 어쩌자는 거냐?"

만일 다른 사람 같았다면 주눅이 들어 입조차 벌리지 못했을 것이다.

로베르토 대공은 황실의 큰어른이자 칼슈타트 황제조차 꺼려하는 존재다.

그의 눈 밖에 나기라도 했다간 대륙 그 어디에도 발을 붙이지 못하게 될 수 있었다.

그러나 로베르토 대공을 십여 년 동안 보필해 온 알만도는 오히려 입가에 웃음까지 보이며 여유를 부렸다.

"정확한 정보는 아니지만 라미레스 후작가의 기사들 중 일부가 아베론 영지로 향했다고 합니다."

"라미레스 후작가의 기사라니?"

"라미레스 후작가에서 겁도 없이 아르만 공작가를 넘보지 않았습니까? 아마 제국의 법령을 피해 비밀리에 기사들을 양성해 놓았을 겁니다. 그들을 전쟁에 활용하지 못하니 부담이 되었을 테고 결국 그 과정에서 기사들 일부가 아베론 영지로 가버린 모양입니다."

"이번에 라미레스 후작가에서 보냈다던 이주민들과 함께 말이냐?"

"그렇습니다, 대공 전하. 그래서 말씀인데……."

"이번 기회에 아베론 영지에 기사단을 창설하자, 이 말이로구나?"

로베르토 대공이 알만도의 속내를 먼저 읽었다. 그러고는 팔걸이를 힘껏 내려쳤다.

아베론 영지에 기사단을 창설한다는 게 갑작스럽게 느껴질 수는 있겠지만 마물로부터 위협받는 이상 그보다 좋은 대안은 없어 보였다.

"그렇게만 된다면 칼슈타트, 그 아이도 레이샤드를 함부로 노리지는 못하겠구나."

로베르토 대공이 눈을 반짝였다. 이제야 아베론 영지의 상황을 부정적으로 볼 필요가 없다는 알만도의 말이 이해가 갔다.

"칼슈타트 황제도 이 사실을 알게 되면 다른 수를 쓰려할 겁니다. 그러니 대공 전하께서 먼저 선수를 치십시오. 그래야만 레이샤드 님의 주변이 든든해질 겁니다."

알만도가 다시 허리를 굽히며 말했다.

그 말이 채 끝나기도 전에 로베르토 대공이 몸을 일으켰다. 그리고 칼슈타트 황제가 있는 대전을 향해 빠르게 걸음을 옮겼다.

3

"기사단이라니요!"

갑작스럽게 찾아온 로베르토 대공의 요구에 칼슈타트 황제는 헛웃음이 났다.

아베론 영지가 마물의 피해를 입을 수 있다는 사실을 모르지는 않지만 그렇다고 기사단 창설을 허락하라니. 도무지 말이 되지 않았다.

차라리 아베론 영지에 기사단을 파견하자고 말했다면 칼슈타트 황제도 어느 정도 고려를 했을 것이다.

아베론 영지에서 지킬 것이라고는 레이샤드 하나뿐이었지만 그의 안전을 위해 다시 황실로 불러들이느니 번거롭더라도 기사단을 파견하는 편이 나아 보였다.

하지만 기사단의 창설이라면 이야기는 달라진다.

제국에서 파병한 기사단은 칼슈타트 황제의 명을 따르지만 아베론 영지의 기사단은 달랐다.

영주인 레이샤드에게 충성을 다할 터. 그 자체만으로도 황권에 큰 위협이 될 수 있었다.

그러나 로베르토 대공은 칼슈타트 황제의 사정 따위는 봐주지 않았다. 아니, 애당초 대륙의 주인이자 제국의 황제가 북부 끝자락의 버려진 황자를 두려워한다는 것 자체가 말이 되지 않았다.

"황제께서 뭐라고 하셔도 나는 이 일을 승인할 테니 그리아시오. 황제도 잘 알겠지만 레이샤드는 황실의 일원이요.

그리고 황실의 일원은 영주가 되었을 때 자신만의 기사단을 창설할 수 있는 권한이 있소. 설마 황실의 법전을 가지고 와서 설명해야 하는 건 아니겠지요?"

로베르토 대공이 비웃듯 말했다.

검술에 있어서는 적수가 없다던 칼슈타트 황제이지만 로베르토 대공이 자신 있어 하는 역사나 제국법, 예법에는 문외한이나 다름없었다.

워낙 어려서부터 얽매이는 걸 싫어한 탓에 황제가 된 지금까지도 식사 습관을 고치지 못하고 있었다.

"그렇게 말씀하실 거면 저를 왜 찾아오셨습니까?"

칼슈타트 황제가 짜증을 냈다.

처음부터 제멋대로 할 거면서 통보하듯 찾아온 로베르토 대공이 마음에 들지 않았다.

그러나 칼슈타트 황제가 마음에 들지 않는 건 로베르토 대공도 마찬가지였다.

"나는 적어도 황제께서 레이샤드를 조금이라도 불쌍히 여겨주길 바랐소. 그래서 내가 하고 싶은 말을 혹시라도 황제가 해주지 않을까 기대를 한 것뿐이오."

로베르토 대공이 날카로운 독설을 남긴 채 대전을 박차고 나갔다.

그리고 잠시 후.

"크아아아악!"

대전 한가운데서 칼슈타트 황제의 비명에 가까운 절규가
터져 나왔다.

제61장

시간은 흐르고 part 2

1

다음 날.

아베론 영지에 대한 긴급회의가 열렸다.

회의에 참석한 친황실파(로베르토 대공을 중심으로 황실의 정통성을 복원해야 한다고 주장하는 세력) 귀족들은 한목소리로 아베론 영지의 기사단 창설을 주장했다.

일부 중립 귀족들이 반대의 목소리를 냈지만 정작 친황제파(칼슈타트 황제를 따르는 세력)가 입을 다물면서 회의는 일방적으로 끝이 나버렸다.

"이 사실을 어서 주변 왕국들과 레이샤드에게 알려라."

로베르토 대공은 레이샤드의 신변에 무슨 일이라도 생길까 봐 걱정하며 재빨리 황실의 이름으로 아베론 영지의 기사단 창설을 승인한다는 칙령을 보냈다.

"됐어요, 엘리자베스. 이제 기사단을 만들 수 있어요!"

칙령을 확인한 레이샤드는 뛸 듯이 기뻐했다.

하르베스 폐황태자가 생전에 유일하게 염원했던 게 바로 기사단의 부활이었다. 그 바람을 이렇게 이룰 수 있게 됐으니 가슴 한편이 뭉클하기만 했다.

"어디 봐요."

엘리자베스는 레이샤드가 건네준 칙령을 빠르게 훑어 내렸다. 그리고 기사단의 규모는 레이샤드의 지위에 준한다는 내용을 확인하고는 입가를 비틀어 올렸다.

영지를 가진 귀족은 군주의 허락을 받고 자신만의 기사단을 운영할 수 있었다. 그리고 그 기사단의 규모는 각국의 법에 의해 작위에 따라 결정되었다.

아베론 영지는 실제 대륙 그 어디에도 소속되지 않은 곳이었다. 그러나 명목상으로는 레이샤드 제국의 영지로 분류되었다. 그래서 레이샤드가 아베론 기사단을 창설할 경우 제국의 법령을 따를 수밖에 없었다.

기사단의 규모를 결정하는 제국의 법령은 크게 두 가지였다.

　첫 번째는 작위.

　제국의 공작은 최대 1,200명의 기사를 거느릴 수 있었다. 여기서 제한하는 기사가 블레이드 나이트 급의 정규 기사인 만큼 실제 전투에 도움이 되는 견습 기사(오러 나이트 급 기사)들을 더하면 3,600명의 대기사단을 휘하에 두는 셈이었다.

　제국의 후작은 800명의 정규 기사를 거느리며 백작은 400명, 자작은 100명, 남작은 최대 50명으로 그 수가 제한되었다. 거기에 견습 기사까지 더한 총수는 후작 2,400명, 백작 1,200명, 자작 300명, 남작 150명 수준이었다.

　제국의 황족인 레이샤드는 아직 작위가 없었다. 그러나 영지를 가진 황족이 대부분 대공의 칭호를 내려 받는 관례에 비췄을 때 대공에 준하는 지위로 봐도 무방했다.

　제국의 대공은 제국법에 따라 3,000명의 정규 기사를 거느릴 수 있었다. 그리고 견습 기사까지 더해 9,000명의 기사력을 보유하는 게 가능했다.

　유르스가 데려온 기사는 300명에 불과했지만 엘리자베스는 그들을 시작으로 아베론 영지의 기사단을 크게 성장시키도록 도울 계획이었다. 그러기 위해서는 아베론 기사단의 규모를 공작령 이상의 수준으로 유지할 필요가 있었다. 그래서 황실의 칙령을 유심히 살핀 것이다.

다행히도 로베르토 대공은 레이샤드가 자체적으로 힘을 기르기를 바라는 마음에 작위에 따른 기사단 운영을 허락했다. 그러나 만일 이 칙령이 로베르토 대공이 아닌 칼슈타트 황제의 측근에 의해 작성됐다면 분명 두 번째 조건을 내세워 아베론 기사단의 성장에 제약을 걸어놓았을 것이다.

제국법이 정한 작위에 따른 기사력을 보유하기 위해서는 기본적으로 영지의 규모가 제국 학회가 정한 평균 수준에 도달해야 했다.

기사력을 유지하기 위해서는 막대한 재화가 소비된다. 그렇기 때문에 영지의 규모가 평균에 미치지 못할 경우 기사력은 그만큼 제한이 될 수밖에 없었다.

제국법 별칙에 의하면 영지의 규모가 대륙 평균에 미치지 못할 경우 기사단 정원의 상한선을 최대 90퍼센트까지 낮출 수 있다고 했다.

그 별칙을 적용할 경우 아베론 영지 역시 기사력이 공작령 기준의 10퍼센트로 낮아지고 만다.

이주민들과 유랑민들을 적극적으로 받아들여 10만의 인구를 만들어놓긴 했지만 제국 학회에서 조사한 대공령의 평균 인구수 200만 명에는 턱없이 부족하기 때문이다.

엘리자베스는 자신을 못마땅하게 여긴 마계의 누군가가 칼슈타트 황제를 부추겨 아베론 영지에 제약을 가할지도 모른다고 염려했다.

그러나 천만다행히도 마신들은 아직까지 레이샤드와 아베론 영지에 관심을 가지고 있었다. 번영의 시기를 지나 쇠퇴의 시기에 접어든 제국보다 새롭게 시작하는 아베론 영지가 더 흥미롭기 때문이었다.

"레이, 이제부터가 진짜 시작이에요."

엘리자베스가 레이샤드를 바라보며 말했다.

영지의 인구를 늘리고 생산력을 높인 건 아베론 영지를 회생시키기 위한 최소한의 조치였다. 그러나 단순히 아베론 영지를 부유하게 만든다고 해서 크로노스 왕국을 재건할 수 있는 것은 아니었다.

새로운 나라를 세우기 위해서는 많은 게 필요하다. 그러나 그중에서 가장 중요한 건 바로 기사력이었다. 대륙의 전쟁 대부분이 기사단의 전투 결과에 좌지우지되는 만큼 강한 기사단을 양성할 필요가 있었다.

실제 마법 왕국이라 불렸던 크로노스 왕국이 제국을 중심으로 한 대륙 연합군에 속절없이 밀렸던 데에는 기사력의 부재가 크게 작용했다.

시험의 궁에 들어왔다가 세상을 뒤집어놓은 이들 대부분

이 강한 기사이다 보니 마신들은 크로노스 왕국의 기사력이 성장하는 것을 원치 않았다. 특히나 권능과 탐욕의 신 파이야가 시험의 궁에 들어온 기사를 통해 크로노스 왕국을 장악하게 될까 봐 두려워했다.

그런 마신들의 옹졸한 생각이 크로노스 왕국의 멸망을 부채질했다.

만약 그때 크로노스 왕국에 제대로 된 기사단이 있었다면 지금 북부 대륙이 마기로 뒤덮이지도 않았을 것이다.

엘리자베스는 잘못된 전철을 되풀이하고 싶지 않았다.

레이샤드에 의해 만들어지는 나라는 마법만큼이나 검술이 발달하길 바랐다.

아베론 영지에는 이미 시리우스라는 좋은 마법사가 있었다.

그가 아베론 마탑을 세우고 마법사들을 양성하면 머잖아 아베론 영지의 마법력은 제국 마탑과 견줄 수준으로 성장할 것이다.

그러나 기사력은 달랐다.

십만이 넘는 정규 기사를 보유한 제국에 비해 아베론 영지의 기사력은 형편없었다. 이 격차를 메우지 못하면 아베론 영지가 새로운 왕국으로 발돋움하는 게 불가능해진다.

그런 관점에서 봤을 때 이번 제국 황실의 칙령은 장차 아베론 영지의 기사력을 끌어올리는 데 큰 도움이 될 터였다.

"레이는 일단 유르스를 불러 아베론 기사단의 창설을 허락하도록 해요. 나는 따로 아베론 영지의 기사가 될 만한 자들을 알아볼게요."

엘리자베스는 곧바로 아르메스를 찾았다. 그리고 아르메스에게 기사로서 가능성이 있는 자들을 영지로 데려오라고 지시했다.

"알겠습니다, 엘리자베스 님."

아르메스는 정보 조직을 총동원해 아베론 영지의 기사 후보자들을 조사하기 시작했다.

2

대륙에 이름난 마스터들은 좋은 기사가 되기 위해서는 적어도 10살 이전에 검술에 입문해야 한다고 말한다.

입문하는 시기가 어리면 어릴수록 보다 높은 검술의 성취를 이룰 가능성이 커지지만 너무 어린 나이에 검을 휘두르다 보면 근육이 상하기 때문에 보통 어느 정도 골격이 완성되는 나이에 이르러서야 검을 잡게 하는데 그 기준점이 보통 10살인 셈이다.

그러나 정말로 10살 무렵에 검술을 배우는 이들은 많지 않았다. 이름난 검술 가문에서 태어나거나 혹은 어느 정도 눈에 띄는 자질을 타고나야만 가능했다.

보통의 예비 기사들은 10살이 한참 지나 검을 드는 경우가 많았다.

빠르면 12세, 늦으면 15세.

그렇게 검술에 입문해 2년 정도 기초적인 검술을 익히다가 보편적인 마나 익스핀을 통해 체내에 마나를 축적하게 되기까지 걸리는 시간이 평균 7년 정도다. 그리고 체내에 마나를 축적해 오러 유저의 경지에 접어들어야 진짜 기사의 길을 갈 수 있게 된다.

12세에 검을 잡은 이라면 19세, 15세에 검을 잡은 자는 22세가 되어야 평균적으로 오러 유저가 될 수 있다. 그리고 수련 기사 수준인 오러 유저에서 준기사로 불리는 오러 나이트의 경지에 도달하기 위해서는 다시 5년에서 10년 정도 검을 휘둘러야 한다.

그렇게 검술에 매진해 오러 나이트의 경지에 오르고 준기사인 견습 기사라도 된다면 다행이지만 그렇지 못하고 수련 기사의 수준에 머물러 있는 이들이 대륙에는 차고 넘쳤다. 그러나 그들에 대한 대우는 형편없었다.

나이가 어려 수련 기사, 그 이상이 될 수 있는 가능성이 충분한 이들이라면 귀하게 대하지만 나이가 먹을 대로 먹어 수련 기사가 될 가능성이 사라져 버린 이들은 괄시를 당하기 일쑤였다.

백터 백작령의 수련 기사 헤시의 처지도 서글펐다.

열두 살이라는, 그나마 이른 나이에 검술에 입문했지만 기초 검술을 익히는 데 2년, 그리고 체내에 마나를 축적시키는 데 다시 6년을 허비하면서 스무 살이 되어서야 오러 유저의 경지에 오르게 됐다.

그리고 지난 8년간 오러 나이트가 되기 위해 쉬지 않고 검을 휘둘렀지만 애석하게도 눈앞에 가물거리던 오러 나이트의 경지는 점점 멀어져 가고 있었다.

그럴수록 검술 훈련소에서는 헤시를 압박했다. 더 늦기 전에 용병 일자리라도 알아봐야 하는 게 아니냐며 헤시가 훈련소를 그만두기를 노골적으로 요구했다.

"하아……."

오늘도 제대로 검조차 휘두르지 못하고 검술 훈련소에서 나온 헤시는 그저 한숨만 나왔다.

2년, 아니, 1년이라도 좋으니 조금만 더 기회를 준다면 좋으련만. 어린 수련 기사들과 비교당하는 것으로도 모자라 대놓고 퇴물 취급하는 훈련소장이 야속하기만 했다.

"정말 용병 일이라도 알아봐야 하나."

헤시가 푸념하듯 중얼거렸다.

마나를 축적하긴 했지만 오러를 방출해내지 못하는 기사
는 실제 전투에서 별다른 도움이 되지 못했다.

그러나 용병계에서는 달랐다.

되는대로 검을 잡고 휘두르는 이들보다 그래도 잠깐이나
마 기사의 길을 걸었던 자들을 우대해 준다. 실력도 실력이
지만 기사도를 지키는 마음가짐을 더 높게 평가하는 것이
다.

훈련소장은 헤시가 기사의 길을 포기하기만 한다면 용병
자리는 어떻게든 알아봐 주겠다고 말했다. 그러나 계속해
서 고집을 부리면 훈련소에 발을 붙이지 못하게 하겠다고
엄포를 놓았다.

훈련소에서 쫓겨나면 헤시는 갈 곳이 없어진다. 훈련소
에 딸려 있는 숙소에서도 나가야 할 텐데 수련 기사로 살면
서 모아놓은 돈을 전부 합쳐도 변변한 집 한 채 구하기 어
려웠다.

"난 틀렸어."

헤시가 고개를 흔들어댔다.

삶이 여유롭다면 1년만 더 노력을 해보겠지만 이런 상황
에서 훈련소에 남는 건 고집이나 다름없었다.

그때였다.

"혹시 헤시 기사님이십니까?"

게슴츠레한 인상을 지닌 사내가 헤시의 앞길을 막아섰다.

"누구요?"

헤시가 반사적으로 허리춤에 찬 검에 손을 올렸다. 그러자 사내가 진정하라며 두 손을 들어 올렸다.

"저를 너무 경계하지 마십시오. 저는 그저 헤시 님께 이 서신을 전해 드리려는 것뿐입니다."

사내가 품속에서 서신을 꺼내 헤시에게 전해주었다. 그러고는 도망치듯 어딘가로 사라졌다.

"서신이라니?"

헤시가 조심스럽게 서신을 읽어 내렸다. 그러다 중간에 적힌 무언가를 보고는 눈이 번쩍 뜨였다.

그것은 놀랍게도 마나 익스핀이었다. 그것도 헤시가 배운 중급 수준의 평범한 마나 익스핀이 아니라 고급, 아니, 최고급이라 해도 무방할 정도로 대단한 마나 익스핀이었다.

"이, 이걸 나에게 가르쳐 주겠다고?"

헤시는 마른침을 꿀꺽 삼켰다.

이대로 훈련소장에게 가서 기사를 포기하겠다고 말할 생각이었는데 서신에 적힌 최고급 마나 익스핀의 내용이 그의 심장을 두근거리게 만들었다.

만약 이 마나 익스핀을 익힐 수만 있다면! 그리고 서신의 내용처럼 자신에게 맞는 최고급 검술까지 함께 배우게 된다면! 아마 1년 안에 견습 기사의 경지에 올라설 수 있을 것 같았다.

하지만 그러기 위해서는 백터 백작령을 떠나 아베론 영지로 향해야 한다. 백터 백작령에 특별히 미련이 남은 건 아니지만 백터 백작가가 아니라 다 망해가는 아베론 영지에서 기사 생활을 해야 한다는 사실이 솔직히 두렵기만 했다.

그러나 헤시의 고민은 오래가지 않았다. 어차피 용병으로 살기로 결심한 만큼 앞으로 1년 정도, 아베론 영지에서 용병 생활을 한다고 여기기로 마음먹은 것이다.

만약 아베론 영지에서의 생활이 마음에 들지 않으면 서신에 적힌 1년만 버티고 다시 백터 영지로 되돌아오면 그만이다. 게다가 이주 허가금은 물론 이주비까지 책임진다고 했으니 금전적인 부담도 전혀 없었다.

"가자! 가보자! 그리고 부딪쳐 보자!"

헤시가 주먹을 움켜쥐었다. 그리고 이주 허가증을 발급받기 위해 영주관으로 향했다.

그 모습을 멀리서 지켜보던 사내가 씩 웃더니 품속에서 마정석을 꺼내어 뭐라고 중얼거렸다. 그리고 그의 전언은 영주관 앞에서 대기 중인 또 다른 사내의 마정석으로 흘러 들어갔다.

3

"헤시 님이시죠? 아베론 영지의 영주님께서 이것을 전해 달라 하셨습니다."

헤시가 영주관 앞에 나타나자 기다리고 있던 사내가 후다닥 달려와 금화 주머니를 내밀었다.

그 안에는 놀랍게도 1천 골드라는 거금이 들어 있었다.

헤시는 자신도 모르게 마른침을 꿀꺽 삼켰다.

이 정도 거금이라면 아베론 영지에 갈 필요 없이 근방에 작은 집을 구해놓고 검술 훈련에 매진해도 될 것 같았다.

하지만 헤시는 이내 고개를 흔들었다.

지금 익히고 있는 마나 익스핀과 평범한 검술만으로 오러 나이트의 경지에 도달하기란 쉽지 않아 보였다. 게다가 어렵사리 오러 나이트가 된다고 하더라도 거기까지가 끝일 것 같았다.

반면 서신 속에 축약되어 적혀 있는 최고급 마나 익스핀을 익힌다면 상황이 달라질 것이다.

실제로 늦은 나이에 최고급 마나 익스핀을 접하고 정규

기사가 된 사례도 적지 않았다. 자신이라고 해서 그렇게 되지 말라는 법은 없었다.

"후우……."

크게 숨을 고른 뒤 헤시가 당당하게 영주관 안으로 들어갔다. 그리고 다시 영주관 밖으로 나왔을 때 그의 손에는 자유민을 상징하는 이주 허가증이 들려 있었다.

4

다른 영지의 기사를 몰래 데려가는 건 영지민을 데려가는 것과는 차원이 다른 일이었다. 영지를 떠난 기사들이 우연찮게 같은 영지로 몸담게 될 수는 있겠지만 그런 일이 반복되다 보면 의심을 사게 될 수밖에 없었다.

그래서 아르메스는 기사들의 영입을 결코 서두르지 않았다.

대륙 전역에 있는 영지에서 한 명씩, 눈에 띄지 않게 서로 간격을 두고 아베론 영지로 불러들였다.

그렇게 1년이 지났을 때 아베론 기사단의 수는 1차 목표로 내걸었던 2천 명을 넘어서게 됐다.

"후우……."

2천명이라는 어마어마한 기사단의 단장이 된 유르스는

어깨가 무거웠다.

이 정도 규모의 기사단은 라미레스 후작가에 있을 때에도 통솔해 본 적이 없었다.

게다가 기사들의 실력이 하루가 멀다 하고 좋아지는 탓에 가르치는 것도 쉽지가 않았다. 이대로 1년만 지난다면 자신처럼 마스터의 경지에 오르는 기사들도 서너 명은 될 것 같았다.

이 모든 게 레이샤드가 모두에게 내놓은 최고급 마나 익스핀 덕분이었다.

아베론 소드라고 이름붙인 이 마나 익스핀은 아베론 기사단에 들어온 모든 기사들이 자유롭게 익힐 수 있었다. 게다가 기존에 익혔던 마나 익스핀과 조금도 충돌하지 않았다. 그러면서도 마나 축적 효율은 몇 배나 더 빨랐다.

아베론 소드의 효능이 어찌나 뛰어나던지 유르스를 따라온 기사들은 대부분 블레이드 나이트의 경지에 도달해 있었다.

유르스를 따라나설 때만 해도 가장 뛰어났던 기사가 오러 나이트 상급에 불과했는데 지금은 가장 성장이 더딘 기사의 수준이 오러 나이트 고급에 이르렀다. 그마저도 두어 달 내에 블레이드 나이트의 경지에 들어설 게 확실해 보였다.

만약 라미레스 후작이 이 사실을 알았다면 지금쯤 땅을 치며 후회했을 것이다. 300명이나 되는 정규 기사를 잃었다며 말이다.

그러나 300명의 견습 기사를 300명의 정규 기사로 만든 건 기사들의 재능이 아닌 아베론 소드의 뛰어난 효능이었다.

오죽했으면 위기감을 느낀 유르스마저 라미레스 후작이 직접 건네준 상급 마나 익스펀을 버리고 아베론 소드를 익히기 시작할 정도였다.

아베론 소드의 효능을 몸소 익히면서 유르스가 가진 생각은 단 한가지뿐이었다.

'너무 늦게 시작했다. 조금만 빨리 시작했다면 좋았으련만.'

바로 아쉬움.

아베론 소드의 효능은 비마스터(마스터의 경지에 오르지 못한 기사들) 기사들에게만 뛰어난 게 아니었다. 마스터의 경지에 오른 유르스도 매일매일 아베론 소드의 효능에 빠져 헤어 나오지 못하고 있었다.

덕분에 급격하게 좁혀졌던 동료 기사들과의 검술 격차를 어느 정도 유지하게 되었다.

자존심을 버리지 못해 끝까지 자신의 마나 익스펀을 고

집했다면? 아마 기사단장의 자리가 위태로워졌을 것이다.

"조금만 더 노력하면 상급의 벽을 허물 수 있다. 그렇게만 되면……."

두 손으로 검을 천천히 움켜쥐며 유르스가 정신을 집중했다.

마나 익스핀은 아베론 소드로 바꾸었지만 검술은 가문에서 물려받은 가전 검술을 그대로 사용하고 있었다. 비록 무명의 검술이었지만 아스타로트에게도 인정을 받은 검술이었다(정확하게는 인간들이 만든 검술서치고는 쓸 만하다고 말했다). 그래서 어떻게든 가문의 가전 검술로 마스터의 벽을 허물어 버리고 싶었다.

이 모습을 라미레스 후작이 보았다면 욕심이 과하다고 말했을 것이다.

아직 젊은 유르스가 너무 성급히 마에스트로의 경지를 바라본다며 평정심을 유지하라고 타일렀을 것이다.

그러나 유르스는 조바심을 내는 게 아니었다. 그 정도 성취를 당연하다고 여기고 있었다.

사흘에 한 번씩 아스타로트와 검술 대결을 펼치고 대륙 최고의 마나 익스핀일지도 모르는 아베론 소드를 익히며 레이샤드의 전폭적인 지원 속에 수련에 매진하고 있다.

그 덕분에 마스터 초급이던 경지가 1년 사이에 하급을 지나 중급에 접어들었다. 그리고 서서히 중급의 벽을 깨려 하고 있었다.

이 정도의 성취는 마에스트로의 경지에 이른 다른 기사들조차 이루지 못했던 것이다.

그러나 이곳, 아베론 영지에서 이 정도의 빠른 성취는 일상적인 것이었다.

"헤시 녀석만 생각하면……."

흘러내리는 땀을 닦아내며 유르스가 누군가를 떠올렸다.

요즘 그가 경쟁의식을 느끼는 상대는 자신의 옛 동료도 아스타로트도 라시아이언도 아닌 헤시였다.

1년 전 헤시가 아베론 영지에 왔을 때만 하더라도 유르스는 그에게 눈길조차 주지 않았다.

자신과 같은 나이임에도 불구하고 오러 나이트는커녕 오러 유저 단계에 머무르고 있었다. 그것도 고급이나 완성의 단계가 아닌 중급의 단계에서 벗어나지 못했다.

이 정도면 기사로서의 삶은 끝났다고 봐도 무방해 보였다. 그런데 헤시가 아베론 소드를 접하면서 상황이 달라졌다.

불과 두 달 만에 3단계를 뛰어넘어 오러 나이트가 되더니 채 반년이 지나지 않아 블레이드 나이트의 경지에 이르렀다. 그것만으로도 경악스러울 지경인데 바로 어제 블레이드 나이트 중급의 벽까지 허물었다고 한다.

같은 정규 기사로 불리지만 블레이드 나이트 중급 이하와 상급 이상은 오러의 질이 달랐다.

중급 이하의 블레이드 나이트급 기사들이 조금 더 선명해진 오러를 구현해 내는 거라면 상급부터는 오러 블레이드로 나아가는 단계가 시작된다. 그래서 블레이드 나이트 상급에 도달한 이들은 마스터가 될 가능성이 있다고 인정받게 되는 것이다.

바로 1년 전까지만 해도 기사로서의 삶이 끝난 것이나 마찬가지였던 헤시가 어느새 자신의 턱밑까지 추격하고 있었다. 그것만으로도 얄미울 지경인데 다음 달이면 자신이 은밀히 좋아했던 미샤와 결혼을 한다고 한다.

"제길! 헤시! 헤시! 헤시이이이!"

결국 울컥 하고 감정이 치솟은 유르스가 광분의 검술을 펼쳐 냈다.

그의 외침이 레이샤드가 마련해 준 기사 훈련소를 쩌렁하게 흔들어 놓았다.

제62장

시간은 흐르고 part 3

1

1년이란 시간은 아베론 기사단만 성장시킨 게 아니었다.

앳된 소년의 티를 벗지 못했던 레이샤드를 건장한 청년으로 바꿔놓았다.

"그럼 그 문제는 지난번에 지시한 대로 처리해 주세요."

"알겠습니다, 영주님."

레이샤드가 확인한 서류를 받아 들며 아돌프가 깊숙이 고개를 숙였다. 고작 1년이 지났을 뿐인데 레이샤드에게서 죽은 하르베스 폐황태자의 모습이 엿보이고 있었다.

성인식을 치르긴 했지만 아직 열여섯.

대륙의 기준으로 보자면 레이샤드는 아직 어른이 아니었다. 그러나 레이샤드가 정무를 보거나 관리들과 기사들을 대하는 모습을 보면 아돌프는 자신도 모르게 감탄을 터뜨렸다.

고작 1년 사이에 이토록 성장해 준 레이샤드가 대견스럽다 못해 고마울 정도였다.

하지만 정작 레이샤드는 자신이 달라졌다는 사실을 별로 인지하지 못하고 있었다. 그저 모든 게 익숙해진 것뿐이라고 생각했다.

게다가 레이샤드는 아직 모든 면에서 성숙해진 게 아니었다.

"영주님! 드디어 마차가 초소를 통과했다고 합니다!"

아돌프에 이어 집무실로 들어온 코를란 자작이 호들갑스럽게 말했다. 그러자 근엄하게 앉아 있던 레이샤드의 표정이 달라졌다.

"정말이에요? 정말 스칼렛이 오는 거예요?"

레이샤드의 심장이 흥분과 기대감으로 두근거렸다.

다른 때 같으면 레이샤드를 진정시켰을 아돌프도 덩달아 흥분을 감추지 못했다.

"영주님, 축하드립니다."

아돌프가 레이샤드에게 고개를 숙였다. 그를 따라 코를란 자작도 활짝 웃으며 허리를 굽혔다.

"영주님, 축하드립니다."

아돌프와 코를란 자작이 레이샤드를 축하하는 이유는 간단했다. 지금 마차를 타고 오는 스칼렛이 다름 아닌 레이샤드의 정혼자였기 때문이다.

라인하르트가 만들어낸 마법 물약 때문에 죽음의 병을 완전히 이겨낸 헬레나는 레이샤드와 엘리자베스의 결혼을 공식적으로 추진하려 했다. 그러나 마황녀인 엘리자베스가 인간인 레이샤드와 맺어지는 건 처음부터 불가능한 일이었다.

"헬레나 님. 레이의 정혼녀는 제가 아니에요. 저는 프라임 백작께 인정받은 딸이 아니랍니다. 제가 레이의 곁에 머문다면 세상 사람들이 비웃을 거예요."

엘리자베스는 적당한 핑계를 대어 헬레나를 설득했다.

그리고 자신의 배다른 동생인 스칼렛이야말로 프라임 백작가의 딸이며 또한 하르베스 폐황태자가 정한 레이샤드의 정혼자라고 밝혔다.

헬레나는 이 같은 사실을 아돌프를 비롯한 모든 관리들에게 전했다. 그때부터 스칼렛은 공식적인 레이샤드의 정혼자가 되어버렸다.

레이샤드는 스칼렛을 한시라도 빨리 만나고 싶었다.

아르메스가 초상화를 그려 보여주긴 했지만 그림보다는 아버지가 정했다는 프라임 백작가의 정혼자를 직접 보고 싶었다.

그러나 얼마 전까지 옷가게에서 일하며 살아 온 스칼렛은 아직 아베론 가문에 시집을 올 준비가 되어 있지 않았다. 그래서 엘리자베스는 아르메스를 통해 지난 1년 간 스칼렛을 철저하게 교육시켰다.

덕분에 스칼렛은 말 많은 말괄량이에서 황녀라고 해도 이상하지 않을 만큼 기품 있는 영애가 되었다. 프라임 백작가가 건재했다면 당연히 그러했을 모습으로 말이다.

"레이, 준비됐어요?"

스칼렛을 태운 마차가 성문을 지나자 엘리자베스가 직접 레이샤드를 찾아 왔다.

아베론 영지가 자리를 잡은 이후로 엘리자베스는 가급적 레이샤드의 집무실을 찾아오는 걸 자제했다. 자신 때문에 영주인 레이샤드의 권위가 떨어지는 걸 원치 않았기 때문이었다.

하지만 오늘만큼은 달랐다. 레이샤드의 보호자이자 스칼렛의 배다른 언니로서 엘리자베스는 두 사람을 만나게 해 줄 의무와 책임이 있었다.

"후우……. 네, 준비 됐어요."

레이샤드가 천천히 숨을 골랐다.

그 모습을 지켜보던 엘리자베스가 쓸쓸한 미소를 지어
보였다.

2

"결국 왔군요."

스칼렛이 도착했다는 소식을 전해들은 셰이나가 무거운
한숨을 내쉬었다.

엘리자베스로부터 레이샤드에게 정혼자가 있다는 이야
기를 전해 들었을 때도 슬픔을 참기 어려웠지만 레이샤드
가 머지않아 스칼렛과 결혼할 거라고 생각하니 가슴 한편
이 무너져 내리는 기분이었다.

신전에 머무르며 계속해서 성녀로 살아가고 있지만 셰이
나가 바라는 삶은 이런 게 아니었다.

로에린의 영혼은 그녀에게 참된 주인을 만나 사랑을 받
게 될 것이라고 말했다. 이렇듯 신전에 갇혀서 평생을 살아
야 한다는 말은 하지 않았다.

하지만 애석하게도 셰이나에게는 운명을 바꿀 만한 힘이
없었다. 그렇다고 감히 엘리자베스의 말을 거역하고 싶지

도 않았다.

엘리자베스가 지금이라도 자신을 레이샤드의 옆에 머물도록 허락해 주길 바랐지만 실제로 그럴 가능성은 없다시피 했다. 그런데도 레이샤드에 대한 미련을 떨쳐 내지 못하는 스스로가 너무도 한심하고 미워서 견딜 수가 없었다.

"체이르 님. 저는 이제 어떻게 해야 합니까."

치미는 서러움을 참지 못하고 세이나가 체이르에게 기도했다.

운명의 여신 체이르라면 잘못된 자신의 운명을 바로잡아 줄 것만 같았다.

그런 세이나의 기도에 응답한 것일까.

[나의 딸아. 걱정하지 마라. 언제고 그의 곁에 머물게 될 테니 기다리고 또 기다려라.]

세이나의 머릿속에서 체이르의 목소리가 울려 퍼졌다.

"체, 체이르 님!"

세이나는 자신도 모르게 울음을 터뜨렸다. 그토록 바라던 일을 체이르가 예언해 줄 것이라고는 미처 생각지도 못했다.

그러나 체이르가 말한 언젠가라는 게 언제일지는 그 누

구도 알지 못했다. 그저 모든 게 운명대로 풀려 나가길 체이르도 셰이나도 바랄 뿐이었다.

3

"스칼렛 님이 오셨다고? 정말이야?"

"메르디아 님도 참. 스칼렛 님이 오셨는데 뭐가 그렇게 좋으세요?"

"좋지. 좋다마다. 나도 이제 레이샤드 님의 옆에 머물 수 있게 됐는데 셀린은 좋지 않아?"

"메르디아 님! 스칼렛 님과 메르디아 님은 레이샤드 님을 두고 경쟁해야 하는 사이라고요. 정신 차리세요!"

메르디아의 하녀 셀린은 그저 한숨만 나왔다.

스칼렛 때문에 지난 1년간 레이샤드와 식사 몇 번 한 게 전부인 메르디아가 화를 내기는커녕 오히려 스칼렛을 반긴다는 게 이해가 가지 않았다.

만약 다른 사람이 이토록 불경스러운 말을 내뱉었다면 크게 화를 당했을 것이다. 그러나 셀린은 메르디아를 모시는 몸이다.

메르디아가 레이샤드의 사랑을 받아야 그녀도 하녀들 사이에서 목소리를 높일 수 있었다.

"내가 어떻게 정신을 차리면 되는데?"

메르디아가 가볍게 웃으며 물었다.

인간 세상에 대해서는 어린 셀린보다도 더 잘 알고 있었다.

하지만 자신을 아무것도 모르는 야수족 처녀로만 알고 있는 셀린을 보다 보면 괜히 놀려주고 싶은 생각이 들었다.

그런 메르디아의 속마음도 모른 채 셀린이 오늘도 일장 연설을 늘어놓았다.

"일단 매일같이 레이샤드 님을 유혹할 준비를 하세요."

"유혹? 어떻게?"

"메르디아 님도 참. 그야 예쁘게 화장도 하시고 예쁜 드레스도 입고 하셔야죠."

"그렇게 하면 레이샤드 님께서 날 좋아해 주실까?"

"그야 당연하죠. 메르디아 님이 얼마나 아름다우신데요. 그러니까 제발 화장 좀 하세요. 답답하다고 피하지 마시고요."

계속되는 셀린의 잔소리에 메르디아는 자신도 모르게 웃음이 터져 버렸다.

레이샤드가 자주 찾아와 주지 않아 서운한 건 사실이었지만 수다쟁이 셀린 덕분에 심심한 줄 모르고 살고 있었다.

그러나 셀린은 이 정도 삶에 만족해서는 안 된다고 다시

언성을 높였다.

"레이샤드 님이 스칼렛 님과 혼인을 하시면 그 다음에는 메르디아 님도 레이샤드 님의 아내가 될 거잖아요? 그럼 스칼렛 님보다 먼저 레이샤드의 아이를 갖는 거예요. 그렇게만 되면 스칼렛 님의 눈치를 보지 않고 살 수 있어요!"

셀린이 대단한 계획이라도 되는 것처럼 호들갑을 떨어댔다.

그녀의 말처럼 레이첼과 메르디아가 동등한 입장에 있다면 레이샤드에게 누가 먼저 대를 이어줄 아들을 낳아주느냐로 경쟁할 수도 있었다.

하지만 애석하게도 메르디아는 레이샤드의 아이를 가질 수 없었다.

레이샤드의 곁에 머무는 대신 아이를 포기하기로 엘리자베스와 약속했기 때문이다.

그렇다고 그 사실을 셀린에게 전부 털어놓을 수는 없는 일이었다.

"알았어. 네 말처럼 최선을 다해볼게."

메르디아가 애써 웃어 보였다. 그러자 셀린이 메르디아의 두 손을 꽉 움켜잡았다.

"메르디아 님! 힘내세요! 절대 지시면 안 돼요. 아셨죠?"

"에냐."

"네?"

"레이샤드 님이 날 싫어하신 게 이름 때문일까?"

성에 낀 창밖을 내다보며 로델 백작의 막내딸 레베카가 힘없이 중얼거렸다.

1년 전 아베론 영지에 다녀왔을 때만 하더라도 레베카는 레이샤드와 결혼하는 여자는 자신뿐이라고 확신했다.

어둡고 칙칙한 영지가 마음에 들지는 않았지만 요리를 못하는 여자를 좋아하는 레이샤드라면 자신을 평생 사랑해 줄 것 같은 생각이 들었다.

그러나 애석하게도 그 날 이후로 혼사에 대한 진전은 없었다.

로델 백작이 몇 차례 아베론 영지에 혼담을 전하긴 했지만 그뿐. 아베론 영지에서는 가타부타 대답이 없었다.

그러던 게 두 달 전쯤에야 아베론 영지에서 혼담을 거절한다는 서신을 보내왔다.

서신의 내용은 간단했다.

레베카가 좋은 여자이기는 하지만 하르베스 폐황태자가 정한 정혼녀와 결혼할 수밖에 없는 상황을 이해해 달라는 것이다.

만약 1년 전 같았다면 로델 백작은 서운함보다 화가 났을 것이다.

하르베스 폐황태자와의 인연 때문에 큰마음을 먹었는데 이런 식으로 거절하는 레이샤드가 미웠을 것이다.

그러나 1년 만에 어마어마하게 성장한 아베론 영지의 사정을 전해 들은 탓일까.

로델 백작은 침착함을 유지했다. 그리고 어떻게든 레베카를 아베론 영지로 시집보내기 위해 궁리하고 또 궁리했다.

로델 백작은 레베카가 레이샤드의 정부인이 되지 못한다 해도 상관없었다.

하루가 다르게 성장하고 있는 아베론 영지와 로델 백작령이 사돈을 맺는 것만으로도 충분히 만족스러웠다.

하지만 정작 레베카는 레이샤드의 두 번째 부인이 되고 싶지 않았다. 오직 혼자서 레이샤드의 모든 걸 독차지하고 싶었다.

그래서일까, 한 달 후에 열린다는 레이샤드의 결혼식을 축하해 주고 싶지 않았다.

"레베카 님."

에냐는 축 처진 레베카의 뒷모습에 가슴이 아팠다. 마음 같아선 함께 레이샤드를 헐뜯고 싶었다.

그러나 에냐가 로델 백작에게 받은 명령은 어떻게든 레베카의 마음을 돌리는 것이었다.

레베카가 레이샤드를 싫어하도록 만들어서는 결코 안 되는 것이다.

"레베카 님. 비록 스칼렛이라는 여자가 레베카 님보다 먼저 결혼을 하겠지만 그런 거에 신경 쓰지 마세요. 중요한 건 누가 먼저 레이샤드 님의 아이를 낳느냐는 것이니까요."

셀린이 했던 말과 똑같은 말을 하며 에냐가 레베카를 달랬다. 그러나 창밖에 고정된 레베카의 표정은 여전히 어둡기만 했다.

한 달 후.

레이샤드는 죽은 하르베스 폐황태자의 뜻에 따라 정혼자 스칼렛과 결혼식을 올렸다.

그리고 다시 1년이라는 시간이 지났다.

5

한 달에 한 번씩 쉬지 않고 마법 식물을 재배해 왔던 아베론 영지의 농경지가 오랜만에 휑하게 변했다.

다른 때 같았으면 추수가 끝났으니 다시 마법 식물의 씨앗을 뿌렸겠지만 이번에는 달랐다. 경작지의 마기 농도를 측정한 결과 이제는 곡물 농사를 시작해도 상관없을 것 같다는 결론이 나온 것이다.

"자, 자! 농사를 짓고 싶은 영지민들은 이쪽으로 오십시오."

성년이 되자마자 교육을 받고 새로 행정관에 배속된 하급 관리 시몬이 영지민들을 불러 모았다. 그리고 그들에게 라인하르트가 새로 만든, 아베론 영지에 특화된 흑밀의 씨앗을 건네주었다.

"여기 씨앗 받으세요. 아베론 영지에서만 재배가 가능한 희귀한 씨앗이니까 잃어버리시면 안 됩니다."

시몬이 영지민 한 사람 한 사람에게 씨앗 주머니를 건넸다.

아베론 영지에서 새로 시작되는 첫 번째 파종 씨앗이다 보니 그의 얼굴은 자신도 모르게 감격에 젖어 있었다.

그러나 정작 씨앗을 받아 든 영지민들은 하나같이 고개를 갸웃거렸다.

"시몬! 이거 색깔이 왜 이래?"

영지민 중 하나가 씨앗을 내밀었다. 큼지막한 그의 손바닥 안에는 불에 그을린 것 같은 거무튀튀한 씨앗들이 들려 있었다.

"내 것도 이러는데?"

"내 것도 그래요!"

다른 영지민들도 하나같이 씨앗이 잘못됐다고 말했다.

농사를 지은 지 오래 되긴 했지만 그들이 알고 있는 씨앗이란 노르스름한 빛깔을 띠는 탐스럽게 생긴 알갱이였다. 이처럼 검고 윤기도 흐르지 않는 알갱이가 아니었다.

그러자 시몬이 냉큼 영지민들을 진정시켰다.

"씨앗 색깔이 좀 검은색을 띠긴 하지만 너무 걱정하지 않으셔도 됩니다."

"걱정하지 말라니? 대체 이게 무슨 곡물이야?"

"아차, 제가 그 설명을 깜빡했네요. 다들 놀라지 말고 들으세요. 이게 우리 영지를 위해 마법사님께서 개량하신 아베론 영지만의 밀! 흑밀의 씨앗이에요."

시몬이 자랑스럽게 말했다.

영지민들에게 일일이 설명하기는 어렵지만 그는 흑밀이 얼마나 대단한 곡물인지 잘 알고 있었다.

레이샤드의 배려 덕분에 시몬은 낮에는 관리로 일하고 밤에는 아카데미에서 교육을 받을 수 있었다.

아카데미의 열두 명의 학자는 실로 대단했다. 기초 지식이 전혀 없는 시몬이 자신들의 가르침을 잘 이해할 수 있도록 쉽고 재미있게 가르쳐 주었다.

그중에서도 시몬은 어건 교수가 가르치는 생물학을 가장 좋아했다.

자신이 담당하고 있는 농업과 관련해 직접적인 지식을 전해 들을 수 있기 때문이었다.

어건 교수는 흑밀이 병충해에도 강할 뿐만 아니라 마기도 어느 정도 이겨낼 수 있으며 특별히 관리하지 않아도 잘 자라며 수확량도 일반 밀들에 비해 3배나 많다고 설명해 주었다.

만약 이 흑밀을 대륙 전역에서 재배가 가능하도록 다시 한 번 개량할 수 있다면 대륙은 식량난 걱정에서 영원히 자유로울 수 있을 것이라며 감탄을 늘어놓았다.

그만큼 흑밀의 가치는 어마어마한 것이었다. 이번 흑밀 농사를 통해 아베론 영지가 다시 한 단계 도약할 수 있을 만큼 말이다.

"일단 걱정하지 마시고 배정받으신 농경지에 이 흑밀 씨앗을 뿌려 보세요. 그리고 몇 개월만 기다려 보세요. 불만이 있으신 분들은 그 다음에 따져도 충분하잖아요?"

시몬이 영지민들을 살살 달래어 농경지로 돌려보냈다.

마음 같아서는 흑밀의 위대함에 대해 영지민들을 전부 모아놓고 알려주고 싶었지만 그러기에는 그가 해야 할 일이 너무나 많았다.

"생긴 건 좀 그래도 괜찮겠지?"

"우리 영지를 부유하게 만들어준 마법 식물도 처음에는 좀 이상했잖아?"

"하긴. 영주님께서 우리에게 해로운 걸 주시려고."

"암, 영주님이 괜찮다고 하신 거면 괜찮은 거지."

영지민들은 의심을 거두고 흑밀을 경작지에 뿌렸다. 그리고 수확의 그날이 오길 기다렸다.

그로부터 5개월 후.

"허……!"

"이게 다 얼마야?"

경작지를 빼곡하게 매운 흑밀의 물결을 보며 영지민들은 감탄을 금치 못했다.

시몬이 나눠준 흑밀의 양은 생각보다 작았다. 그래서 영지민들은 일반적인 수준의 수확량만 생각했다.

하지만 정작 땅을 뚫고 자라 오른 흑밀은 여러 개의 가지를 펼쳐 내며 성장했다. 그리고 수확 때가 되었을 때는 눈으로 헤아릴 수조차 없이 많은 알곡들을 만들어냈다.

"자, 자, 그렇게 바라만 보지 마시고 얼른 수확을 하셔야죠. 빨리 흑밀을 거둬들여야 다시 마법 식물을 제배할 수 있잖아요?"

시몬이 농부들을 독려했다. 흑밀은 1년에 두 차례 재배가 가능했다. 그리고 나머지 기간 동안에는 다시 마법 식물의 재배가 이루어졌다.

지면과 가까운 곳의 마기는 거의 사라지다시피 했지만 땅 속 깊숙한 곳에는 아직 마기들이 잔뜩 머물러 있었다. 그 마기들을 전부 없앨 때 까지는 틈틈이 마법 식물을 재배해야만 했다.

6

"하……!"

첫 수확에 흥겨워하는 영지민들을 바라보는 레이샤드는 감회가 새로웠다.

불과 몇 년 전까지만 해도 아베론 영지는 마기로 가득찬, 버려진 땅에 불과했다. 그런 곳에서 정말로 곡물 농사를 지을 수 있게 됐으니 모든 게 꿈만 같았다.

"레이, 이제 한 시름 놓을 수 있겠어요."

엘리자베스가 가볍게 웃으며 말했다.

레이샤드의 오랜 염원인 농사가 성공적으로 끝이 났다. 시범 경작이 끝났으니 이제 확보한 모든 경작지에 씨를 뿌릴 수 있게 되었다.

그렇게 되면 아베론 영지는 더 이상 외부로부터 곡물을
사들이지 않아도 될 터였다.

물론 당분간은 대륙의 밀에 익숙한 영지민들을 기다려 줘
야겠지만 영지민들이 흑밀의 참맛을 알고 거부감 없이 받아
들이는 데까지 그리 오랜 시간은 걸리지 않을 것 같았다.

"고마워요, 엘리자베스. 이 모든 게 다 엘리자베스 덕분
이에요."

레이샤드가 엘리자베스에게 고마움을 표했다. 관리들이
불가능한 일이라고 말했던 농사까지 성공시키고 나니 그동
안 엘리자베스에게 너무나 많은 도움을 받아왔다는 생각이
들었다.

그러자 엘리자베스가 천천히 고개를 저었다.

"난 약속을 지킨 것뿐이에요."

레이샤드가 시험의 궁에 들어와 자신을 선택한 순간부터
엘리자베스는 레이샤드를 북부의 왕으로 만들 생각을 가지
고 있었다. 그리고 아베론 영지를 발전시킨 것은 그 계획
중의 일부일 뿐이었다.

엘리자베스는 오히려 레이샤드가 고마웠다. 지난 2년간
자신을 믿고 함께해 주지 않았다면 아베론 영지가 이토록
빨리 성장하지는 못했을 것이다.

불과 2년 사이에 아베론 영지의 인구수는 15만 명으로

늘어났다.

1만 명이 자연적으로 늘어났고 외부에서 4만 명의 이주민들이 들어왔다. 덕분에 아베론 영지는 근방의 다른 백작령들보다 많은 영지민을 보유한 대영지로 자리 잡게 됐다.

영지민들이 빠르게 늘어나고 있지만 아베론 영지의 재정은 반대로 탄탄해졌다.

매 달마다 60만 골드의 수익을 안겨 주는 포션 판매부터 시작해 본격적인 채광이 시작된 흑철광 광산, 그리고 라인하르트가 새로 찾아준 금광과 구리광까지 아베론 영지의 생산력은 어지간한 공작령이 부럽지 않을 정도였다.

그뿐인가. 번듯한 기사단과 치안을 담당하는 폭풍의 용병단 덕분에 아베론 영지의 범죄 발생률은 0에 가까웠다. 게다가 이제는 자체적으로 농사가 가능한 영지가 되어버렸으니 영주로서 더는 바랄 게 없을 것 같았다.

그러나 엘리자베스는 아직 만족스럽지가 않았다.

아베론 영지가 생각보다 빨리 성장한 건 사실이지만 제한된 레이샤드의 수명을 생각했을 때 이 성장 추세를 늦출 수가 없었다.

그 사실은 레이샤드도 어렴풋이 짐작하고 있었다. 그래서일까. 레이샤드는 아베론 영지의 마법진을 본래대로 되돌리겠다고 선언했다.

라인하르트가 이미 두 차례 더 추가로 마법 보호 구역을 확장했는데 그것을 아베론 영지가 처음 생겼던 시절의 수준으로까지 만들겠다는 것이다.

그 때문에 주변 영지들의 불만이 이만저만이 아니었다.

아베론 영지가 조금 커졌다는 이유로 레이샤드가 제멋대로 군다며 항의 사절단을 보내올 정도였다.

만약 예전의 레이샤드 같았다면 어떻게든 주변 영지들을 설득해 보겠다고 애를 썼을 것이다. 그 길이 쉽지 않다는 걸 알면서도 모두에게 피해가 가지 않는 방법을 찾으려고 노력했을 것이다.

그러나 결혼을 하고 열일곱 살이 되면서 레이샤드는 더욱 성숙해져 있었다. 그래서 이제는 주변 영지의 싫은 소리에 일일이 대응하지 않았다.

아베론 영지가 마법진의 영역을 넓힌다고 해서 주변의 세 백작령에 피해를 끼치는 일은 없기 때문이었다.

오히려 세 백작의 아우성이 아베론 영지에 대한 부러움과 두려움의 표현이라는 사실을 알았다.

아베론 영지가 지금처럼 성장한다면 언제고 100만을 헤아렸던 과거의 수준으로까지 거대해질지도 모를 일이었다.

그때 레이샤드가 아베론 영지의 과잉 인구를 해결하기 위해 주변 영지들과 전쟁이라도 벌이려 든다면 영지의 생존을 장담하기 어려워지게 되는 것이다.

하지만 레이샤드는 세 백작의 우려처럼 아베론 영지 남쪽으로 세력을 확장시킬 생각이 별로 없었다.

아베론 영지가 반쯤 독립된 영지라 하더라도 명목상으로는 레오니스 제국에 속해 있었다.

레이샤드가 아베론 영지를 중심으로 완전한 독립국을 세운다면 또 모르겠지만 아베론 영지의 성장을 위해 주변 영지들과 전쟁을 벌인다는 건 무모한 짓이었다.

대신 레이샤드는 미지의 세계나 마찬가지가 되어버린 북쪽 대륙으로 나아갈 뜻을 세웠다.

엘리자베스를 통해 전해들은 북쪽의 사정에 마음이 움직였기 때문이다.

크로노스 왕국의 멸망 이후 제국의 학자들은 대륙의 지도에서 아베론 영지의 북부를 삭제해 버렸다.

대륙이란 인간을 비롯해 신들이 창조한 피조물들이 살아갈 수 있는 땅을 의미했다. 그러나 예전 크로노스 왕국의 땅은 이미 마기로 뒤덮여 인간은 물론이고 그 어떤 피조물들조차 살 수 없게 되어버렸다. 그런 곳을 대륙의 범주 안에 두고 지도에 표기를 할 이유가 없었다.

그래서 레이샤드도 아베론 영지 북쪽으로 가다 보면 거대한 낭떠러지가 나올 것이라고 생각했다.

대륙의 지도에서 북부의 땅이 사라졌듯 정말로 아베론 영지와 북쪽이 단절이 되어버렸다고 여긴 것이다.

하지만 실제 아베론 영지의 북쪽에는 옛 크로노스 왕국의 터전이 그대로 남아 있었다. 그리고 놀랍게도 그곳에는 아직 사람들이 살고 있다고 한다.

"크로노스 왕국의 국왕이 마계와 연결된 통로를 열면서 마계의 마나가 유입되었던 것은 사실이에요. 하지만 드래곤 하이아시스를 비롯해 제국 연합의 마법사들이 자신들을 희생시켜 통로를 봉인한 덕분에 북부 대륙이 마계화되는 것은 어떻게든 막을 수 있었어요."

레이샤드의 열일곱 번째 생일 날, 엘리자베스는 레이샤드에게 대륙인들이 모르는 크로노스 왕국 멸망의 뒷이야기를 들려주었다.

마법사들의 희생을 틈타 남쪽으로 도망친 연합국의 사령관은 황제에게 북부 대륙은 마기로 뒤덮여 버렸다고 고했다.

그의 말처럼 남쪽으로 내려오는 연합군의 뒤로 짙은 마기가 따라 온 상황이었다.

연합군에 참전했던 제국의 마법사들은 마기가 퍼지는 과정에서 그 농도가 옅어지지 않았다면 아마 연합군은 어마어마한 피해를 입었을 것이라며 고개를 흔들어댔다. 그러

면서 크로노스 왕국의 땅을 탐내던 황제의 야욕을 꺾으려
고 노력했다.

주변 왕국들에 의해 영토 확장이 중단된 제국의 황제는
오래전부터 크로노스 왕국을 엿보고 있었다. 그래서 마탑
의 마법사들이 봉인을 위해 스스로를 희생시킬 때에도 제
국 마탑의 마법사들은 제외시켰다. 그들이 살아 있어야 추
후 다시 그들을 앞세워 크로노스 왕국의 땅을 도모할 수 있
기 때문이었다.

그러나 제국의 마법사들은 황제의 정복욕에 희생되고 싶
어 하지 않았다. 더욱이 크로노스 왕국의 땅은 이미 드래곤
들에 의해 장악된 후였다.

"드래곤이요? 드래곤이 북부 대륙에 있다고요?"

레이샤드는 눈을 똥그랗게 떴다.

천마전쟁 이후로 대륙의 밖에 존재하는 또 다른 대륙으
로 떠나 버렸다던 전설 속의 드래곤들이 북부 대륙에 터를
잡고 있을 줄은 미처 몰랐다는 얼굴이었다.

하지만 대륙 북부에 드래곤이 자리를 잡은 건 결코 좋은
일이 아니었다.

"하이아시스는 교활한 드래곤이에요. 굳이 마법사들을
희생시키지 않아도 마계의 통로를 막을 수 있었지만 그는
마법사들에게 희생을 강요했어요. 그렇게 해야 인간들이

북쪽 땅을 포기할 것이라고 판단했거든요."

"어째서 그런 건데요?"

"그야 새로운 터전이 필요했기 때문이에요."

"새로운 터전이요? 하지만 드래곤들의 터전은 이 대륙이 아니라 다른 대륙이잖아요?"

레이샤드가 이맛살을 찌푸렸다.

인간의 입장에서 봤을 때 드래곤들은 이 대륙을 버리고 다른 대륙으로 떠난 것이나 마찬가지였다. 그런데 이제 와서 이 대륙으로 다시 넘어오기 위해 북쪽 땅을 인간들이 살 수 없는 땅으로 만들어 버렸다니. 솔직히 이해가 되지 않았다.

그러나 드래곤들의 이주 계획은 인간들이 이해를 하고 말고의 문제가 아니었다.

드래곤들에게는 생존이 걸린 문제였다.

이 대륙의 드래곤들이 이 대륙을 떠나게 된 것은 천마전쟁 때문이었다. 정확하게는 중립의 의무를 지켜야 하는 드래곤들이 천족의 편에 서게 되면서 문제가 생겨 버린 것이다.

빛과 어둠이 대립하듯 천족과 마족의 싸움은 오랫동안 이어져 온 본질적인 다툼이었다.

그 다툼 속에서 빛은 더 밝은 빛을 뿜어대고 어둠은 더욱

차갑게 가라앉게 된다. 그리고 그 빛과 어둠을 통해 세상의 조화가 이루어지는 셈이었다.

하지만 드래곤들은 천마전쟁의 본질을 왜곡했다.

인간들에게 마족은 중간계를 무너뜨리려는 사악한 존재들이며 천족이야말로 마족들로부터 중간계를 구할 수 있는 유일한 존재라고 말했다.

천마전쟁 초기.

드래곤들은 연약한 인간들을 구하기 위해 나섰다가 마족들에게 허무하게 죽임을 당했다.

물론 천족들에게 죽임을 당한 드래곤들도 없지 않았지만 마족들에게 죽임을 당한 드래곤들에 비할 바가 아니었다.

이대로 천족과 마족의 틈바구니에 끼어 있다가는 드래곤 일족이 멸족을 당할지도 모르는 상황이었다. 그래서 당시의 드래곤 로드는 어려운 결심을 내렸다.

마계와 친한 블랙 드래곤 일족을 제외한 나머지 일족 전원을 데리고 천족의 편에 서 버린 것이다.

그 결과 팽팽하던 천족과 마족의 균형이 무너져 내렸다.

드래곤들의 합류로 인해 천족은 승기를 잡았고 결국 중간계까지 번졌던 천마대전을 승리로 장식할 수 있었다.

하지만 애석하게도 천마대전은 중간계에서만 일어난 게 아니었다. 신계에서 벌어진 진짜 천마대전은 전성기를 누리던 최고마신 크라우스의 맹활약 속에 마계의 승리로 끝이 나버렸다.

그러나 마계는 기뻐할 수가 없었다. 신계만큼이나 중요한 의미를 가진 중간계가 천족들의 손에 넘어가 버렸기 때문이다.

전후 협상에서 천족들은 중간계에 대한 상호 불간섭권을 조건으로 신계에서 빼앗긴 천족 영토의 반환을 요구했다.

본래라면 앞으로도 마족들은 중간계에 얼씬도 하지 못하게 되겠지만 빼앗아간 영토를 돌려준다면 천계와 마계 모두 중간계에 간섭을 최소화하는 정도로 협상을 마무리 짓겠다는 것이었다.

신족들의 전쟁에 중간계가 휘말리면서 중간계는 그야말로 폐허가 되어버렸다.

천족을 따르던 이종족들과 마족을 지지하는 이종족들 간의 대결로 인해 대륙은 시체 썩는 냄새와 피비린내가 진동했다. 하지만 그보다 더 큰 문제는 주신이 창조한 인간들의 피해가 너무나도 컸다는 점이다.

애당초 인간들의 피해를 최소화하자고 약속을 한 상태였지만 막상 전쟁이 시작되자 천족도 마족도 그 약속을 지키려 하지 않았다.

그 과정에서 드래곤들이 나섰지만 중간계의 수호자라 불

리는 그들조차 엄청난 타격을 입어야만 했다.

그래서 천신들은 추후에 벌어질 천마대전은 신계에 한정 짓자고 말했다.

신계에서는 마족들의 흉포함이 더욱 거세지겠지만 또다시 중간계의, 인간들의 피해를 두고 볼 수 없다는 결정을 내린 것이다.

크라우스는 천계의 요구를 받아들였다. 그 역시도 인간들의 피해에 대해서는 어느 정도 책임을 통감하고 있었다.

하지만 중립의 의무를 위반한 드래곤들에 대해서는 그냥 넘어갈 생각이 없었다.

"천계의 조건을 받아들이겠소. 단, 드래곤들은 자신들의 의무를 잊고 이번 전쟁에 겁 없이 끼어들었소. 나는 그들에게 책임을 물을 생각이오."

결국 크라우스의 뜻에 따라 드래곤들은 이 대륙에서 추방이 되었다. 그러나 그것은 영구적인 추방이 아니었다.

중립 의무 위반으로 인해 마계에 큰 해를 끼친 드래곤들이 그 빚을 갚을 시기가 온다면 드래곤들은 다시 이 대륙으로 돌아올 수 있었다.

운명의 여신 체이르를 만난 드래곤 로드는 자신이 죽고 아직 어린 드래곤이 드래곤 로드의 자리에 오를 때가 되어서야 이 대륙으로 돌아올 수 있다는 사실을 알게 됐다. 그래서 다음 번 드래곤 로드로 염두에 두었던 젊은 드래곤 하이아시스를 이 대륙에 두고 나머지 드래곤들과 함께 다른 대륙으로 옮겨 간 것이다.

홀로 남겨진 하이아시스는 드래곤이 마계에 진 빚을 갚을 그 날만을 기다리고 또 기다렸다. 그러다 수천 년의 시간이 지나고서야 크로노스 왕국의 변고를 알게 되었다.

역사에 따르면 제국의 황제는 수호룡인 하이아시스에게 이 세계의 멸망을 막아달라고 부탁했다. 그러나 실제 제국의 황제가 한 말은 조금 달랐다.

황제는 정확하게 제국의 멸망을 막아달라고 말했다. 그것은 다시 말해 다른 왕국들이 어찌 되든 상관없다는 소리나 마찬가지였다.

그러나 하이아시스는 이 대륙이 제국 황제의 욕심에 의해 희생되는 것을 원치 않았다. 그래서 대륙의 마법사들을 끌어모아 마계의 입구를 봉인시킨 뒤에 다른 대륙으로 추방당했던 동족들을 불러 모았다. 그리고 그들에게 크로노스 왕국의 불쌍한 인간들을 보호하라는 명령을 내렸다.

짙은 마기로부터 인간들을 지킨다는 건 결코 쉬운 일이 아니었다.

중간계의 수호자라 불리는 드래곤이라 하더라도 최악의 경우를 염두에 두지 않을 수 없었다.

하지만 다시 옛 터전으로 돌아 온 드래곤들은 새로운 드래곤 로드 하이아시스의 명을 따랐다. 각기 사방으로 흩어져 마기에 신음하는 인간들을 보호했다. 그러면서 북쪽 땅에 마기가 완전히 사라지기를 기다렸다.

"그러니까 드래곤들이 마기로부터 인간들을 보호하면서 예전에 저지른 잘못을 책임지는 것이로군요."

레이샤드는 그제야 드래곤들의 결정이 이해가 갔다.

인간들의 욕심에서 비롯되긴 했지만 마계에서 흘러나온 마기로 인해 인간들이 떼죽음을 당하게 된다면 마족들도 그 책임에서 자유로울 수가 없었다. 하지만 마족들은 천계와 맺은 불가침조약 때문에 함부로 중간계로 내려갈 수가 없었다. 게다가 그 조약 안에는 인간들이 벌인 일은 인간들의 방식으로, 라는 절대적인 조항이 있었다. 그 조항은 설사 대마신 크라우스라 할지라도 어길 수가 없었다.

그런 마계를 대신해 드래곤들은 자신들의 수명과 마력을 희생시켜 인간들을 보호하고 있었다. 그렇게 드래곤들의 보호 속에서 연명하고 있는 북부 대륙민들의 수는 자그마치 수천만에 달했다.

"레이. 이 불쌍한 이들을 레이가 보살펴 줘요."

엘리자베스는 레이샤드야말로 수천만 망국민에게 새로운 나라와 새로운 삶과 새로운 미래를 만들어 줄 유일한 적

임자라고 말했다. 그리고 레이샤드는 그런 엘리자베스의
간절한 염원을 어렵지 않게 받아들였다.

물론 당장 북부의 망국민들을 아베론 영지로 불러들일
수는 없는 일이었다.

마음 같아서는 그들을 아베론 영지에서 편히 살게 해주
고 싶었지만 그러기에는 아베론 영지가 너무 작았다.

역사상 아베론 영지가 보유했던 최대 인구는 100만이었
다. 그것도 40만에 가까운 인구수가 각국에서 파견한 병사
들이었기 때문에 가능한 숫자였다.

그래서 레이샤드는 생각을 크게 가졌다. 마기로 인해 고
통 받고 있는 북부의 망국민들을 전부 구하기로 말이다.

그러기 위해서는 일단 철저한 준비가 필요했다.

드래곤이 보호하고 있다고 하더라도 대지가 마기에 오염
되는 것까지는 막기 어려웠을 터.

그들을 위해 식량과 죽음의 병을 이겨낼 수 있는 물약을
최대한 확보해 놓아야 했다. 그리고 그들의 터전을 다시 예
전처럼 돌려놓을 마법력과 수많은 인력도 마련해 놓아야
했다.

그 준비가 언제쯤 끝이 날지는 레이샤드도 짐작하기 어
려웠다. 어쩌면 자신의 아들이, 아들의 아들이 대를 이어
해야 할 일이 될 수도 있었다.

하지만 레이샤드는 고통받는 북쪽의 망국민들을 이대로 포기하고 싶지 않았다.

레이샤드는 고작 열두 살의 나이에 영주가 되어 마기에 신음하는 아베론 영지민들을 보살펴 왔다.

그에게 마기로 고통받는 이들은 전부 아베론 영지민들이나 다름없었다.

"그런데 레이, 정말 황실에는 가지 않을 거예요?"

엘리자베스가 넌지시 물었다.

레이샤드의 열일곱 번째 생일 날 제국 황실에서는 레이샤드를 황실에 초대하겠다는 초청장을 보내왔다. 레이샤드가 어린 티를 벗은 만큼 본격적으로 차기 황제를 만들 준비를 시작하려는 것이었다.

만약 레이샤드가 제국의 황제가 되기를 원한다면 엘리자베스는 일단 그의 바람을 들어 줄 생각이었다.

크로노스 왕국의 재건은 레이샤드가 제국의 황제가 되더라도 얼마든지 진행시킬 수 있는 일이었다.

그러나 레이샤드는 단호하게 고개를 흔들었다.

예전에도 지금도, 그리고 앞으로도 자신이 머무를 곳은 이곳 아베론 영지였다. 그리고 자신은 아베론의 영주였다.

"엘리자베스. 내가 얼마나 오래 살지는 모르겠지만 앞으로도 잘 부탁해요."

어둑한 북쪽 하늘을 바라보며 레이샤드가 나직이 중얼거렸다.

그 속에 숨겨진 레이샤드의 의지를 읽은 엘리자베스의 입가로 어느새 흐뭇한 웃음이 번졌다.

영주 레이샤드는 이렇게 끝이 났다.
이제부터는 군주 레이샤드다.

『영주 레이샤드』완결

영주 레이샤드를 마치며

영주 레이샤드는 레이샤드 연대기로 명명된 전체 이야기의 첫 번째 이야기입니다.

아베론의 어린 영주 레이샤드가 아베론 영지를 성장시키며 건국의 기틀을 마련한다는 게 주된 내용이었습니다.

중간에 개인적인 사정과 기출간 된 미라클 라이프의 집필 문제로 장기간 연재가 중단된 상황에서도 제 머릿속에서는 영주 레이샤드에 대한 미련과 아쉬움이 끊이지 않았습니다. 그래서 늦은 만큼 빨리 완결시켜야 한다는 주변의 만류를 뿌리치고 본래 계획했던 분량으로 첫 번째 이야기를 마무리 지을 수 있게 되었습니다.

본래 계획은 잠시 휴식 겸 재정비의 시간을 가지고 군주 레이샤드를 집필하는 것입니다. 그러나 현대 판타지 위주로 재편되어 버린 시장의 사정상 군주 레이샤드의 시작은 다소 늦어질지도 모르겠습니다.

처음부터 영주 레이샤드는 많은 것을 얻겠다는 생각으로 쓴 소설이 아닙니다. 그저 판타지에 대한 제 기본적인 욕구와 갈망을 해소하기 위한 소설이었습니다.

아마 다음번 소설은 현대 판타지가 될 공산이 큽니다. 그래도 이 소설을 마무리 짓는 지금의 아쉬움을 마음속에 깊숙이 눌러 담았다가 또 다른 판타지 소설을 들고 다시 돌아오도록 하겠습니다. 그 소설이 군주 레이샤드가 되었으면 하는 것이 개인적인 바람이지만 그렇지 않다 하더라도 부족한 작가에게 돌을 던지지는 마시길 부탁드립니다.

새벽녘, 레이샤드를 잠시 떠나보내며
한승현 배상.

이경영 판타지 장편소설

FANTASY FRONTIER SPIRIT

그라니트

용들의 땅

G R A N I T E

사고로 위장된 사건에 의해 동료를 모두 잃고 서로를 만나게 된 '치프'와 '데스디아'.
사건의 이면에 상식을 벗어난 음모가 있음을 알게 된 둘은
동료들의 죽음을 가슴에 새긴 채 각자의 고향으로 돌아간다.
2년 후, 뜻하지 않게 다시 만난 두 사람은 동료들의 복수를 위해
개척용역회사 '그라니트 용역'을 설립해 다시금 그 땅을 찾게 되는데……

용들이 지배하는 땅 그라니트!
그곳에서 펼쳐지는 고대로부터 이어지는 운명적 만남,
깊어지는 오해, 그리고 채워지는 상처.

『가즈 나이트』시리즈 이경영 작가의 미래형 판타지 신작!

Book Publishing CHUNGEORAM

유령이 아닌 자유추구 -
WWW.chungeoram.com

FUSION FANTASTIC STORY

인기영 장편소설

리턴 레이드 헌터
Return Raid Hunter

하늘에 출현한 거대한 여인의 형상……,
그것은 멸망의 전조였다.

『리턴 레이드 헌터』

창공을 메운 초거대 외계인들과
세상의 초인들이 격돌하는 그 순간.
인류의 패배와 함께 11년 전으로 회귀한 전율!

과연 그는, 세계의 멸망을 막을 수 있을 것인가.

세계 멸망을 향한 카운트다운 속에서 피어나는
그의 전율스러운 이야기!

Book Publishing CHUNGEORAM

유행이 아닌 자유추구 -
WWW.chungeoram.com